la petite
maison dans
la prairie

Castor Poche
Collection animée par
François Faucher et Martine Lang

Titre original :

ON THE BANKS OF PLUM CREEK

Une production de l'Atelier du Père Castor

Editeur original : HARPER & ROW, Publishers

LAURA INGALLS WILDER

la petite maison dans la prairie

tome 2

traduit de l'américain par
CATHERINE CAZIER
et CATHERINE ORSOT

illustrations de
GARTH WILLIAMS

Castor Poche Flammarion

Laura Ingalls Wilder, l'auteur (1867-1957)

Née en 1867 aux Etats-Unis, dans une maison en rondins du Wisconsin, l'auteur connut pendant toute son enfance les pérégrinations propres aux familles de pionniers. D'abord installée dans les régions boisées du Wisconsin, la famille Ingalls voyagera en chariot bâché en direction de l'Ouest à travers les Etats du Wisconsin, du Kansas, du Minnesota et du Dakota.

Dans les années 1930, Laura Ingalls Wilder se mit à raconter son enfance et sa jeunesse qui se déroula dans l'Ouest américain, au temps des pionniers. Savait-elle alors qu'elle écrivait l'un de ces grands livres dans lesquels, génération après génération, les êtres les plus divers peuvent trouver matière à enchantement et à réflexion ? Très populaire aux Etats-Unis depuis sa publication en 1935, cette série en huit volumes à été adaptée par la télévision américaine et déjà diffusée plusieurs fois en France.

Catherine Cazier et **Catherine Orsot-Naveau,** les traductrices, sont deux amies qui se sont rencontrées sur les bancs du lycée. Quelques années plus tard, après avoir voyagé dans de nombreux pays, elles se sont retrouvées côte à côte, penchées sur des livres : elles traduisaient *La petite maison dans la prairie*. Elles se sont partagées le travail, traduisant chacune une moitié du livre, avant de tout relire ensemble dans le souci d'une unité de style et afin de résoudre les quelques difficultés soulevées par le texte.

« Nous avons pris à cœur les épisodes heureux ou malheureux des jeunes années de Laura, tout au long des tomes 2, 3, 5, et 6. L'histoire de Laura et des siens, ce n'est pas seulement le récit de la lutte sans merci contre une nature souvent hostile, c'est aussi les mille et une péripéties, cocasses ou poignantes de la vie d'une petite fille confrontée au monde des adultes, le long cheminement de l'enfance vers l'adolescence. Nous sommes persuadées que les jeunes lecteurs se passionneront également pour les aventures de cette petite fille modèle du Far West. »

Catherine Cazier vit à présent aux Pays-Bas où elle poursuit son travail de traductrice, traduisant des textes anglais et américains ainsi que des textes hollandais car elle a découvert dans ce pays une foule d'ouvrages passionnants pour la jeunesse.

Catherine Orsot-Naveau poursuit de son côté son travail de traductrice parallèlement à son activité d'analyste.

Yves Beaujard a réalisé l'illustration de la couverture. Il connaît bien les Etats-Unis pour y avoir séjourné et travaillé en tant qu'illustrateur et graveur durant une dizaine d'années.

Garth Williams a réalisé les illustrations intérieures, extraites de l'édition américaine de 1953. Remarquables par leur exactitude et leur pouvoir d'évocation, ces dessins ont demandé dix ans de recherches et de travail à l'auteur pour en parfaire la réalisation.

La petite maison dans la prairie (tome 2) :

Au bord du ruisseau est le second tome de la célèbre autobiographie où l'auteur raconte son enfance dans les années 1870/1890.

Papa, Maman, Marie, Laura et Bébé Carrie quittent la petite maison de rondins dans la prairie à la recherche d'un endroit plus paisible. Après un nouveau périple en chariot bâché, à travers le Territoire indien, le Kansas, le Missouri, l'Iowa et une partie du Minnesota, ils s'installent dans une curieuse petite maison creusée dans la berge même du ruisseau. Une nouvelle vie commence pour la famille Ingalls...

Par la bouche de Laura, petite fille de huit ans, c'est toute la vie des pionniers que nous découvrons. Nous partageons leurs difficultés matérielles mais aussi leurs joies. Nous nous familiarisons avec leurs traditions, leur vie quotidienne; nous découvrons l'habileté et le courage étonnants dont faisaient preuve ces hommes et ces femmes pour dominer les problèmes de chaque jour et vivre pratiquement en circuit économique fermé.

Il est difficile de rester insensible au récit de Laura, tant il comporte de détails instructifs et d'anecdotes narrées avec la vivacité et le charme de la vérité.

La série **La petite maison dans la Prairie** *constitue les souvenirs authentiques de Laura, tels qu'elle les a racontés bien des années plus tard. Ces souvenirs décrivent la vie de pionnier de la famille Ingalls dans la Jeune Amérique de la période 1870-1890.*

CHAPITRE 1

LA PORTE
DANS LA BERGE

La piste imprécise qu'un autre chariot avait tracée n'allait pas plus loin et Papa arrêta les chevaux.

Dès que les roues cessèrent de tourner, Jack s'écroula sous le chariot, à l'ombre. Il enfonça son ventre dans l'herbe et étira ses pattes de devant. Son museau se logea dans un creux douillet. Il se reposa en gardant toutefois ses oreilles aux aguets.

Du matin au soir, pendant des jours et des jours, Jack avait trotté sous le chariot. Depuis la petite maison de rondins située en Territoire indien, puis à travers le Kansas, le Missouri,

9

l'Iowa et à travers une bonne partie du Minnesota, il n'avait cessé de trotter. Il avait pris l'habitude de se reposer chaque fois que le chariot s'arrêtait.

Laura se mit à sautiller dans le chariot, imitée par Marie. Leurs jambes s'étaient engourdies à force de rester immobiles.

— Nous devons être arrivés, dit Papa. Il fallait remonter le ruisseau pendant un kilomètre depuis la maison de Nelson. Nous venons de faire un bon kilomètre et voici le ruisseau.

Laura n'apercevait pas de ruisseau. Elle ne voyait qu'une berge verdoyante et, plus loin, le sommet d'une rangée de saules qu'agitait un vent léger. Partout ailleurs, à perte de vue, les herbes de la prairie ondulaient.

— J'ai l'impression qu'il y a une sorte d'étable là-bas, dit Papa, penchant sa tête hors du chariot, mais où est la maison ?

Laura sursauta de frayeur. Un homme se tenait debout à côté des chevaux. Nulle part on n'avait vu âme qui vive et tout à coup un homme se trouvait là. Ses cheveux d'un blond pâle encadraient un visage rond et cuivré comme celui d'un Indien et ses yeux étaient si clairs qu'ils semblaient se trouver là par erreur. Jack grogna.

— Couché, Jack ! dit Papa.

Il demanda à l'homme :

— Êtes-vous M. Hanson?

— Oui, répondit l'homme.

— J'ai appris que vous vouliez aller vers l'ouest, dit lentement Papa d'une voix forte. Vendez-vous vos biens?

Le regard de l'homme s'attarda sur le chariot. Il observa les mustangs, Pet et Patty. Un instant plus tard, il dit à nouveau :

— Oui.

Papa sortit du chariot et Maman dit :

— Vous aussi, les petites filles, vous pouvez descendre et aller vous dégourdir les jambes. Je sais que vous en avez assez d'être toujours assises.

Jack se leva lorsque Laura descendit du chariot le long de la roue, mais il devait rester sous le chariot tant que Papa ne lui avait pas donné la permission de bouger. Il regarda Laura courir le long d'un petit sentier qui se trouvait là.

Ce sentier conduisait à la berge à travers une herbe rase et riante. Le ruisseau coulait en contrebas, ondoyant et scintillant dans le soleil. Un peu plus loin, des saules poussaient.

Au-dessus de la berge, le sentier tournait et descendait le long d'une pente verdoyante qui surplombait le ruisseau, tel un mur.

Laura descendit prudemment. A mesure qu'elle avançait, la berge s'élevait au-dessus d'elle et bientôt elle ne vit plus le chariot mais seulement l'insaisissable ciel. En contrebas, le ruisseau semblait se raconter des histoires. Laura fit encore un pas, puis un autre. Le sentier s'ouvrait sur un endroit plat et assez vaste, où il tournait et descendait en escalier jusqu'au ruisseau. Laura aperçut alors la porte.

Celle-ci se dressait au milieu de la berge verdoyante, là où le sentier obliquait. Elle ressemblait tout à fait à la porte d'entrée d'une maison, mais elle donnait accès à un lieu souterrain. La porte était fermée.

Allongés devant elle, deux gros et horribles chiens montaient la garde. Quand ils aperçurent Laura, ils se mirent lentement sur leurs pattes.

Laura prit ses jambes à son cou et remonta le sentier pour aller chercher refuge dans le chariot. Marie se trouvait là, et Laura lui chuchota à l'oreille :

— Il y a une porte dans la berge et deux gros chiens.

Elle regarda derrière elle et vit les deux gros chiens arriver.

— Ce sont vos chiens? demanda Papa à M. Hanson.

M. Hanson se retourna et proféra quelques mots que Laura ne comprit guère. Mais les chiens comprirent. L'un derrière l'autre, ils redescendirent le talus et disparurent bientôt.

Papa et M. Hanson se dirigèrent à pas lents vers l'étable. De petite taille, celle-ci n'était pas construite avec des rondins. Le vent inclinait doucement l'herbe qui poussait sur ses murs et son toit.

Laura et Marie restèrent à côté du chariot, tout près de Jack. Elles regardaient les fleurs jaunes et les herbes folles de la prairie s'agiter et se balancer. Des oiseaux s'envolaient puis disparaissaient à nouveau parmi les graminées. La voûte céleste s'élevait très haut et dessinait à sa base un horizon parfait.

Quand Papa et M. Hanson revinrent, elles entendirent Papa qui disait :

— D'accord Hanson, nous irons demain en ville pour établir les papiers. Cette nuit, nous camperons ici.

— Bien, bien! approuva M. Hanson.

Alors Papa conduisit le chariot dans la prairie après avoir aidé Marie et Laura à y monter. Il dit à Maman qu'il avait échangé Pet et Patty contre la terre de M. Hanson et le poulain Bunny ainsi que la bâche du chariot contre ses récoltes et ses bœufs.

Il détela Pet et Patty et les mena au ruisseau pour les faire boire, puis il les mit à l'attache et aida Maman à dresser le camp pour la nuit. Laura était tranquille. Elle ne se sentait pas d'humeur à jouer et lorsqu'ils s'assirent tous autour du feu pour dîner, elle n'eut pas d'appétit.

— La dernière nuit dehors! s'écria Papa. Demain nous aurons à nouveau un toit. Sais-tu, Caroline, que la maison est creusée dans la berge du ruisseau?

— Oh, Charles, dit Maman, une maison sous la terre! C'est la première fois de notre vie qu'il nous faut habiter dans une maison souterraine.

— Je pense que tu la trouveras très propre. Les Norvégiens sont des gens très soigneux. Ce sera douillet pour l'hiver qui approche.

— Oui, cela sera bien agréable d'y être installés avant les premières neiges, acquiesça Maman.

— C'est seulement en attendant la première récolte de blé que nous habiterons là, dit Papa. Ensuite, tu auras une jolie maison et j'aurai des chevaux, peut-être même un boghei. C'est une belle terre à blé, ici, Caroline. Nous voici dans une contrée plane au sol fertile, sans un arbre ni un rocher pour entraver nos efforts. Je n'arrive pas à comprendre pourquoi Hanson a ensemencé un si petit champ. La sécheresse a dû sévir, ou il n'est pas digne du nom de fermier!

Un peu à l'écart de la lueur du feu, Pet, Patty et Bunny broutaient. Ils arrachaient l'herbe à coups de dent incisifs et précis puis la mâchaient pendant un long moment tout en regardant les scintillantes étoiles poindre dans l'obscurité. Ils agitaient tranquillement leur queue, ignorants de leur futur destin.

Laura, avec ses sept ans, avait maintenant atteint l'âge de raison. Elle était trop grande pour pleurer. Mais elle ne put s'empêcher de demander :

— Papa, fallait-il vraiment que tu lui donnes Pet et Patty ? Le fallait-il, Papa ?

Papa la serra contre lui.

— Vois-tu, ma petite pinte de cidre doux, lui dit-il, Pet et Patty aiment bien voyager. Des petits poneys indiens comme eux ne peuvent pas tirer une charrue, c'est un travail bien trop dur. Ils seront bien plus heureux s'ils voyagent vers l'ouest. Tu ne voudrais pas qu'ils restent ici, à s'user aux labours. Pet et Patty continueront à voyager, et, avec les gros bœufs, je vais pouvoir labourer un grand champ qui sera prêt à recevoir du blé le printemps prochain.

« Une belle récolte de blé nous rapportera plus d'argent que nous n'en avons jamais eu, Laura. Alors on pourra avoir des chevaux, des vêtements neufs et tout ce que tu peux désirer. »

Laura ne dit rien. Dans les bras de Papa, elle se sentait mieux, mais elle ne désirait rien d'autre que garder Pet, Patty et Bunny, le poulain aux longues oreilles.

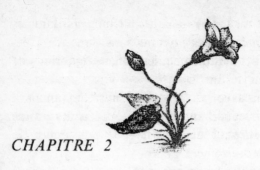

CHAPITRE 2

LA MAISON
SOUTERRAINE

Tôt dans la matinée, Papa aida M. Hanson à monter sur son chariot les arceaux et la bâche échangés la veille. Ensuite, ils sortirent tout ce qui se trouvait dans la maison creusée dans la berge et le rangèrent dans le chariot bâché.

M. Hanson proposa d'aider à transporter dans la maison les affaires qui se trouvaient dans le chariot de Papa. Mais Maman dit :

— Non, Charles. Nous nous installerons quand tu seras de retour.

Alors Papa attela Pet et Patty au chariot de M. Hanson. Il attacha Bunny derrière et partit vers la ville avec M. Hanson.

Laura regarda Pet, Patty et Bunny s'éloigner. Elle avait les larmes aux yeux et la gorge serrée. Pet et Patty arquaient leur encolure et le vent jouait dans leur crinière. Ils s'en allaient gaiement sans savoir qu'ils ne reviendraient jamais.

Le ruisseau chantonnait au milieu des saules et, sur le haut de la berge, une légère brise caressait doucement l'herbe. Le soleil brillait et tout autour du chariot s'étendait un immense espace à explorer.

La première chose à faire était de détacher Jack de la roue du chariot. Les deux chiens de M. Hanson étaient maintenant partis et Jack pouvait gambader à sa guise. Il bondit de joie et sauta sur Laura pour lui lécher le visage et, sans ménagement, la fit tomber assise. Ensuite, il descendit en courant le sentier conduisant à la rivière, suivi par Laura.

Maman prit Carrie dans ses bras et dit à Marie :

— Viens, allons voir la maison dans la berge.

Jack arriva le premier à la porte. Elle était ouverte. Il jeta un œil à l'intérieur, puis attendit Laura.

Des plantes grimpantes tout en fleurs encadraient la porte. Des fleurs rouges, bleues, violettes, roses et blanches pleinement écloses, semblaient chanter le matin.

Laura passa sous cet arceau de joyeux volubilis et pénétra dans la maison. Il n'y avait qu'une seule pièce toute blanche. Les murs de terre avaient été aplanis et blanchis à la chaux. Le sol était lisse et dur.

Quand Maman et Marie se tinrent dans l'encadrement de la porte, la pièce s'assombrit. A côté de la porte, en guise de fenêtre, il y avait un petit carré de papier huilé. Mais le mur était si épais, que la lumière du jour n'éclairait qu'une petite partie de la pièce.

De la terre recouverte d'herbe tenait lieu de mur de façade. M. Hanson avait creusé cette maison dans la berge, puis il avait détaché de longues mottes de terre dans la prairie et les avaient disposées les unes au-dessus des autres pour construire le mur de façade. L'ensemble formait un bon mur épais sans aucune lézarde. Le froid ne pouvait guère pénétrer un tel mur.

Maman était ravie.

— C'est petit, mais propre et accueillant, dit-elle.

Ensuite, elle regarda le plafond et s'exclama :

— Regardez, les filles !

On pouvait apercevoir ici et là la paille du plafond que soutenaient des branches de saules soigneusement entrecroisées.

— Bon ! Continuons l'exploration, dit joyeusement Maman.

Elles gravirent le sentier et se trouvèrent sur le toit de la maison. Personne n'aurait pu deviner qu'il s'agissait d'un toit. De l'herbe poussait là comme partout ailleurs sur les bords du ruisseau, agitée par le vent.

— Mon Dieu, s'exclama Maman, n'importe qui peut marcher sur cette maison sans jamais se douter de son existence.

Mais Laura remarqua quelque chose. Elle se pencha et écarta les herbes avec ses mains, puis s'écria :

— J'ai trouvé le conduit du fourneau. Regarde, Marie, regarde!

Maman et Marie s'arrêtèrent pour regarder. Carrie voulut voir aussi et se pencha par-dessus les bras de Maman. Jack le curieux accourut sur les lieux, ne voulant pas être en reste. Leur regard plongeait directement dans la pièce blanchie à la chaux.

Au bout d'un moment, Maman dit :

— Nous allons balayer la maison et y transporter tout ce que nous pouvons avant le retour de Papa. Marie et Laura, vous allez apporter les seaux d'eau.

Marie porta le grand seau et Laura le petit et elles redescendirent le sentier. Jack courut en tête et alla s'installer près de la porte.

Maman trouva un balai de brindilles de saule dans un coin et brossa soigneusement les murs. Marie surveillait Carrie pour qu'elle ne tombe pas dans le ruisseau tandis que Laura allait chercher de l'eau dans son petit seau.

Laura descendit les marches en sautillant d'un pied sur l'autre et traversa un petit pont qui enjambait la rivière. Le pont n'était qu'une simple planche assez large qui se terminait à l'ombre d'un saule.

Les feuilles fuselées des saules plus élevés flottaient au vent, dominant des massifs de petits saules. A l'ombre de ces derniers, le sol

20

dénudé exhalait une agréable fraîcheur. Le sentier passait par là, conduisant à une petite source, où de l'eau fraîche et claire tombait dans une minuscule mare avant de s'écouler en un mince filet d'eau vers le ruisseau.

Laura remplit le petit seau, retraversa le petit pont ensoleillé et monta les marches. Elle allait et venait, amenant de l'eau dans son seau et la déversant dans le gros seau installé sur un banc dans l'encadrement de la porte.

Ensuite, elle aida Maman à amener du chariot tout ce qu'elle pouvait porter. Elles avaient presque tout transporté dans la maison quand Papa arriva sur le sentier dans un cliquetis de ferraille. Il portait un petit fourneau en fer-blanc et deux morceaux de tuyaux de poêle.

— Eh bien, dit-il en les posant par terre, je suis bien content de n'avoir eu à les porter que pendant cinq kilomètres! Te rends-tu compte, Caroline, la ville se trouve seulement à cinq kilomètres! Une agréable promenade, en définitive. Bon, Hanson est en route vers l'ouest et maintenant cet endroit nous appartient. Comment le trouves-tu, Caroline?

— Il me plaît beaucoup, répondit Maman. Mais je ne sais pas quoi faire avec les lits, je ne veux pas les mettre à même le sol.

— Pourquoi cela te dérange-t-il? lui demanda Papa. Nous avons déjà dormi sur le sol.

— Oui, mais là c'est différent, expliqua Maman. Je n'aime pas coucher par terre dans une maison.

— Entendu, cela va être rapidement installé. Pour cette nuit, je vais aller couper quelques branches de saule que je disposerai sous les lits. Demain, j'essaierai de trouver quelques branches bien droites afin de fabriquer deux châlits.

Papa prit sa hache et se dirigea en sifflotant vers le sentier qui se trouvait sur le toit de la maison, puis redescendit plus loin vers le ruisseau.

Il y avait là une minuscule vallée où poussaient de vigoureux saules.

Laura courut pour le rattraper.

— Laisse-moi t'aider, Papa, dit-elle, complètement essoufflée. Je peux porter des branches moi aussi.

— Tiens, tu peux faire cela, répondit Papa, en baissant vers elle ses yeux pétillant de malice. Une aide est toujours précieuse pour un homme qui a un gros travail à faire.

Papa disait souvent qu'il ne savait pas ce qu'il ferait sans l'aide de Laura. Elle l'avait aidé à fabriquer la porte de la maison de rondins en Territoire indien. Maintenant, elle l'aidait à porter les branches de saule et à les étaler dans la maison. Ensuite, elle alla avec lui à l'étable.

Ses quatre murs étaient faits de mottes de terre et son toit de branches de saule et de paille recouvertes de terre. Le plafond était si bas que Papa s'y cognait la tête quand il se tenait droit. Deux bœufs étaient attachés à une mangeoire, fabriquée elle aussi à partir de branches de saule. L'un d'eux était une énorme bête grise avec de courtes cornes et des yeux doux. L'autre, au poil d'un roux brillant et aux yeux farouches, arborait de longues cornes menaçantes.

— Bonjour, Bright, lui dit Papa. Et toi, mon vieux Pete, comment vas-tu? demanda-t-il au gros bœuf en lui donnant des tapes amicales.

Il demanda à Laura de se reculer, lui expliquant qu'on ne pouvait pas encore prévoir les réactions de ces animaux.

— Il faut les emmener boire, continua-t-il.

Il mit des cordes autour de leurs cornes et les fit sortir de l'étable. Les bœufs suivirent Papa d'un pas tranquille le long de la pente jusqu'à un sentier parmi les joncs qui menait à la rive basse du ruisseau. Laura fermait la marche. Les puissantes bêtes marchaient maladroitement avec leurs gros sabots fendus dans le milieu. Leurs larges naseaux étaient couverts de boue.

Laura resta à l'extérieur de l'étable quand Papa les rattacha à la mangeoire. Puis tous deux marchèrent vers la maison.

— Papa, demanda Laura d'une petite voix, est-ce que Pet et Patty voulaient réellement aller dans l'ouest.

— Oui, Laura, assura Papa.

— Oh, Papa, et sa voix trembla alors légèrement, je pense que je n'aime pas beaucoup ces gros animaux-là.

Papa prit la main de Laura dans la sienne pour la réconforter, et dit :

— Nous devons faire de notre mieux, Laura, et ne pas rechigner. Ce qui doit être fait est mieux fait de bon cœur. Et un jour, nous aurons à nouveau des chevaux.

— Quand, Papa ?

— Quand notre première récolte de blé sera faite.

Ensuite, ils entrèrent dans la maison. Maman paraissait de joyeuse humeur, Marie et Carrie étaient déjà lavées et coiffées et plus rien ne traînait dans la pièce. Maman avait fait les lits sur les branches de saule et préparé le dîner.

Après le repas, ils s'assirent tous devant la porte, Maman et Papa sur des caisses, Laura et Marie à même le sol. Carrie somnolait, blottie dans les bras de Maman, bien au chaud. Jack tourna autour des petites filles, avant de s'allonger, la tête posée sur les genoux de Laura.

Assis tranquillement, ils regardaient le soleil

se coucher au-delà du ruisseau Plum et des saules, loin, très loin vers l'ouest.

Finalement, Maman poussa un long soupir.

— Tout est si paisible et tranquille ici, remarqua-t-elle. Aucun loup ni aucun Indien ne hurleront cette nuit. Je ne sais plus depuis combien de temps, je n'ai ressenti une telle impression de calme et de sécurité.

Papa répondit d'une voix lente :

— Oui, l'endroit est sans danger. Ici, rien ne peut arriver.

D'apaisantes couleurs teintaient l'horizon. Les saules s'agitaient doucement et l'eau murmurait dans le crépuscule. La contrée se couvrait d'un manteau sombre et le ciel gris clair se piquetait d'étoiles.

— C'est l'heure d'aller au lit, dit Maman. Mais ici ce ne sera pas pareil. Nous allons dormir dans une maison souterraine pour la première fois de notre vie!

Elle riait et Papa rit doucement avec elle.

Laura était couchée dans son lit et écoutait l'eau murmurer et les saules soupirer. Elle aurait préféré dormir à la belle étoile, quitte à entendre les loups, plutôt que d'être bien en sécurité dans cette maison creusée sous la terre.

CHAPITRE 3

ROSEAUX
ET IRIS

Le matin, après avoir fait la vaisselle, remis les lits en ordre et balayé le plancher, Marie et Laura pouvaient aller jouer dehors.

Tout autour de la porte, des volubilis à peine éclos relevaient la tête parmi les feuilles vertes. Tout le long du ruisseau Plum, les oiseaux jacassaient. Quelquefois, un oiseau chantait, mais la plupart du temps, ils bavardaient. « Cui, cui, cui ! » disait l'un et un autre lui répondait : « Chui, chui, chui ! », tandis qu'un troisième s'esclaffait : « Ah, ah, ah ! Tirala-ou-ou ! »

Marie et Laura marchèrent sur le toit de la maison puis descendirent le sentier que Papa empruntait pour aller faire boire les bœufs.

Là, le long du ruisseau, poussaient des roseaux et des iris. Chaque matin, de nouveaux iris apparaissaient, fiers dans leur robe mauve, parmi les roseaux verts.

Chaque iris déployait trois pétales de velours, dont la courbure imitait les robes à crinolines. Au-dessus d'eux, trois autres pétales soyeux et froissés, se relevaient en arceaux. Quand Laura se pencha au-dessus de ces fleurs, elle aperçut trois pâles étamines, recouverte chacune d'un peu de fourrure dorée.

Parfois, un gros bourdon, tout habillé de velours noir et or, venait bourdonner autour.

Sur la rive basse de la rivière, on enfonçait dans une boue molle et tiède. De petits papillons jaunes ou bleu pâle voletaient de-ci, de-là et se posaient parfois pour boire une petite gorgée. De lumineuses libellules montraient leurs ailes diaphanes. La boue s'écrasait entre les doigts de pied de Laura. Là où Marie et Laura avaient marché et là où les bœufs étaient passés, de minuscules flaques d'eau remplissaient les empreintes qu'ils avaient laissées.

Lorsque Laura et Marie pataugeaient dans l'eau peu profonde, l'empreinte de leurs pas s'effaçait presque aussitôt. D'abord, un tourbillon d'eau boueuse s'élevant telle une fumée se dissipait dans l'eau claire, puis les empreintes disparaissaient lentement des doigts de pied jusqu'au talon qui finalement n'était plus qu'un petit trou.

Dans l'eau, abondaient de minuscules poissons. Ils étaient si petits qu'on pouvait à peine les voir. Parfois, lorsqu'ils passaient rapidement, un ventre argenté étincelait soudain. Quand Laura et Marie restaient sans bouger, ces petits poissons grouillaient autour de leurs pieds et les chatouillaient.

A la surface de l'eau, les nèpes patinaient et leurs longues pattes y inscrivaient une minuscule trace. Voir une nèpe n'était pas chose facile. Elle patinait si vite, qu'avant que vous ayez pu l'apercevoir, elle se trouvait déjà ailleurs.

Les roseaux agités par le vent émettaient une mélodie sauvage et solitaire. Leur tige articulée, dure, ronde et luisante n'avait rien de la douceur de l'herbe. Un jour, alors que Laura pataugeait dans un endroit profond près des roseaux, elle en agrippa un gros pour se hisser sur la rive. Il crissa.

Laura en eut le souffle coupé. Puis elle en empoigna un autre : il crissa et se cassa en deux.

Les roseaux sont formés de petits tubes creux reliés par des jointures. Ces tubes crissent quand vous les séparer. Ils crissent quand vous les remettez l'un dans l'autre.

Laura et Marie s'amusaient à les séparer.

Elles en assemblaient aussi de petits pour s'en faire des colliers. Elles mettaient les grands bout à bout pour fabriquer de longs tubes. Elles soufflaient à travers ces tubes pour faire des bulles dans le ruisseau ou effrayer les petits poissons. Quand elles avaient soif, elles pouvaient s'en servir pour aspirer de grandes gorgées d'eau.

L'arrivée de Laura et Marie à la maison pour le déjeuner ou le dîner, trempées et pleines de boue, avec des colliers verts autour de leur cou et de longs tubes dans leurs mains, déclenchait toujours le rire de Maman. Elles lui apportaient des bouquets d'iris mauves qui décoraient joliment la table.

— Je vous assure, disait Maman, qu'à tant jouer dans le ruisseau, vous allez être un jour transformées en nèpe !

Mais cela ne dérangeait pas du tout Papa et Maman qu'elles s'amusent tant dans le ruisseau. Seulement, elles ne devaient pas aller au-delà de la petite vallée des saules. Là, avant de s'incurver, le ruisseau se creusait, formant un trou profond et sombre. A aucun prix elles ne devaient s'approcher de ce trou.

— Un jour, je vous y amènerai, leur promit Papa.

Un dimanche après-midi, Papa leur dit que le jour était venu d'aller voir l'eau profonde.

CHAPITRE 4

L'EAU PROFONDE

Dans la maison souterraine, Laura et Marie ôtèrent leurs vêtements et enfilèrent de vieilles robes rapiécées à même la peau. Maman attacha les brides de sa capeline, Papa prit Carrie dans ses bras et ils se mirent en route.

Ils laissèrent derrière eux le sentier emprunté par le bétail, les roseaux, puis la vallée des saules et les bosquets de pruniers. Ils descendirent le long d'une rive escarpée, puis traversèrent une étendue plane couverte d'herbes hautes et rêches. Ils passèrent devant un haut mur de terre, presque vertical, où aucune herbe ne poussait.

— Qu'est-ce que c'est, Papa? demanda Laura.

— C'est une butte, répondit Papa.

Papa avançait à travers les hautes herbes, frayant un chemin pour Maman, Marie et Laura. Soudain ils sortirent des hautes herbes et débouchèrent sur le ruisseau.

Scintillant, il courait sur des graviers blancs avant de se jeter dans un large trou d'eau, dont la rive basse couverte de petites herbes s'incurvait. De grands saules se dressaient sur l'autre rive et leur image se reflétait sur la surface tranquille de l'eau, donnant l'illusion que chacune de leurs feuilles flottait.

Maman s'assit sur la berge verdoyante et garda Carrie auprès d'elle, tandis que Laura et Marie pataugeaient dans le ruisseau.

— Restez près du bord, les filles! leur dit Maman. N'allez pas là où l'eau est profonde.

L'eau se glissa sous leur jupe, les faisant flotter, puis le calicot mouillé colla à leurs jambes. Laura s'avança dans l'eau de plus en plus profonde. L'eau monta, monta, et lui arriva presque à la taille. Quand elle s'accroupit, elle eut de l'eau jusqu'au menton.

Tout était inconsistant, frais et mouvant autour d'elle. Laura se sentait toute légère et, presque sans efforts, ses pieds pouvaient se soulever du fond du ruisseau. Elle s'amusait à sauter et à retomber dans l'eau en faisant des éclaboussures avec ses bras.

— Oh, Laura, ne fais pas cela! cria Marie.

— Laura, ne va pas plus loin! dit Maman.

Laura continua à se laisser tomber dans l'eau en s'éclaboussant. Un saut plus téméraire que les autres lui fit perdre l'équilibre et elle but la tasse. Laura prit peur : il n'y avait rien autour d'elle à quoi se raccrocher. Finalement, toute dégoulinante d'eau, elle réussit à retrouver son équilibre, heureuse d'avoir à nouveau les pieds solidement posés sur la terre ferme.

Personne n'avait rien vu. Marie était en train de relever ses jupes, Maman jouait avec Carrie et Papa avait disparu parmi les saules. Laura marcha dans l'eau le plus vite possible et s'avança de plus en plus profondément. L'eau ne lui arrivait plus à la taille maintenant, mais presque aux épaules.

Tout à coup, tout au fond de l'eau, quelque chose saisit son pied.

La mystérieuse chose l'attira brusquement et Laura tomba dans l'eau. Alors, elle ne vit plus rien et eut le souffle coupé. Elle essaya de s'agripper à quelque chose, mais il n'y avait rien de solide autour d'elle. Elle avait plein d'eau dans les yeux, les oreilles et la bouche.

Puis sa tête émergea tout près de celle de Papa. Papa la tenait.

— Eh bien, petite demoiselle, dit Papa, tu es
allée trop loin! As-tu aimé ce plongeon?

Laura ne put rien répondre, il lui fallait
d'abord reprendre son souffle.

— Tu as entendu Maman te dire de rester près du bord, dit Papa, et pourquoi ne lui as-tu pas obéi? Tu méritais qu'on te fasse faire un petit plongeon, voilà qui est fait.

— Ou-oui, Papa, balbutia Laura. Oh, Papa, s'il-s'il te plaît... recommence!

— Bien, je vais... commença Papa, puis son grand rire retentit parmi les saules.

— Pourquoi n'as-tu pas crié quand tu t'es sentie tomber? Tu n'avais donc pas peur?

— Je-j'avais affreusement peur, bredouilla Laura, mais, s'il-s'il te plaît... tu ne veux pas recommencer?

Ensuite, elle lui demanda comment il était venu jusqu'à elle, et Papa lui expliqua qu'il avait nagé sous l'eau depuis les saules. Il ajouta qu'ils ne devaient pas rester là, mais se rapprocher de la rive pour jouer avec Marie.

Pendant tout l'après-midi, Papa, Laura et Marie jouèrent dans l'eau. Ils pataugèrent et s'amusèrent à s'asperger et chaque fois que Laura ou Marie s'approchaient de l'eau profonde, Papa leur faisait faire un plongeon. Un seul plongeon suffit à Marie pour lui faire entendre raison, mais il en fallut bien davantage à Laura.

Ensuite, arriva l'heure de rentrer pour s'occuper des bêtes et du dîner. Ils marchèrent, ruisselants d'eau, à travers l'herbe haute et quand ils arrivèrent devant la butte, Laura voulut l'escalader. Papa commença l'escalade, puis tendit ses mains à Laura et Marie pour les aider à monter. La terre séchée s'éboulait sous leurs pieds et des racines enchevêtrées pendaient au-dessus de leur tête. Puis Papa souleva Laura et la déposa sur le haut de la butte.

Celle-ci ressemblait tout à fait à une table : elle s'élevait parmi les hautes herbes, ronde et plate sur le dessus et recouverte d'herbe aussi courte que douce.

Du haut de la butte, Papa, Laura et Marie dominaient du regard les hautes herbes et le trou d'eau profonde. Ils regardèrent tout autour d'eux les prairies s'étendant jusqu'à l'horizon.

Ensuite, ils se laissèrent glisser en bas de la butte et rentrèrent à la maison. Quel merveilleux après-midi ils avaient passé !

— Nous nous sommes bien amusés, dit Papa, mais souvenez-vous, les filles, de ce que je vous ai dit : n'allez jamais près de ce trou d'eau sans moi !

CHAPITRE 5

UN ÉTRANGE
ANIMAL

Pendant toute la journée du lendemain, Laura se souvint. Elle se souvint de l'eau profonde et fraîche à l'ombre des grands saules. Elle se souvint aussi qu'elle ne devait pas s'en approcher.

Papa était parti. Marie restait à la maison avec Maman. Laura jouait toute seule sous le chaud soleil de l'après-midi. Les iris mauves fanaient parmi les roseaux tristes. Laura laissa derrière elle la vallée des saules pour aller jouer dans les herbes de la prairie parmi les marguerites et les verges d'or. Il faisait un soleil de plomb et le vent chaud desséchait tout.

Alors Laura pensa à la butte. Elle voulait l'escalader à nouveau. Elle se demanda si elle y arriverait toute seule, en tout cas Papa ne lui avait pas défendu d'y aller.

Elle descendit en courant la berge escarpée et traversa l'étendue plane couverte de hautes herbes rêches. La butte se dressait là, droite et fière. Son ascension se révéla très difficile. La terre glissait sous ses pieds et sa robe était toute salie à l'endroit où ses genoux s'enfonçaient dans la terre tandis qu'elle s'accrochait aux herbes pour se hisser. La poussière irritait sa peau moite de sueur. Mais, finalement, sa taille atteignit le rebord : alors elle se hissa et roula sur le haut de la butte.

D'un bond, elle se remit sur ses pieds et put contempler le profond bassin à l'ombre des saules. Une soif intense la tenaillait et elle pensa combien il devait faire frais là-bas. Mais elle se souvint qu'elle ne devait pas y aller.

La butte lui parut vaste et sans intérêt. La présence de Papa avait rendu sa découverte passionnante, mais maintenant ce n'était plus qu'une terre plate comme une autre et Laura eut envie de revenir à la maison et de boire car elle avait très soif.

Elle se laissa glisser le long de la butte et refit lentement en sens inverse le chemin qu'elle avait pris à l'aller. En bas, un souffle chaud et étouffant agitait les hautes herbes. La maison était encore loin et Laura avait de plus en plus soif.

Elle ne cessait de se répéter qu'il lui était interdit de s'approcher du profond trou d'eau ombragé, mais soudain elle n'y tint plus, fit demi-tour et se dirigea tout droit vers lui. Elle se dit qu'elle se contenterait de le regarder : sa seule vue la ferait se sentir mieux. Puis elle pensa qu'elle pourrait patauger au bord, mais qu'elle n'irait pas là où l'eau était profonde.

Elle arriva au sentier que Papa avait tracé et se mit à marcher plus vite.

Devant elle, au beau milieu du sentier, Laura aperçut un animal. Elle fit un bond en arrière et l'observa. De sa vie, elle n'avait vu un tel animal. Il était presque aussi long que Jack, mais il avait de très courtes pattes. L'étrange animal, tout hérissé de longs poils gris, redressa lentement sa tête plate surmontée de petites oreilles et fixa Laura.

De son côté, Laura examinait ce drôle de museau. Et, tandis qu'ils restaient là à se regarder, cet animal se raccourcit et s'élargit jusqu'à s'aplatir sur le sol. Il s'aplatit de plus en plus et finalement il ne resta de lui qu'un morceau de fourrure grise qui ne ressemblait plus du tout à un animal. Toutefois, la paire d'yeux restait à l'affût.

Lentement et prudemment, Laura se pencha pour attraper une branche de saule. Ainsi armée, elle se sentit plus en sécurité. Toujours penchée, Laura continua à fixer cette plate fourrure grise.

Ni l'animal ni Laura ne bougeaient. Elle se demanda ce qu'il arriverait si elle le touchait avec son bâton : peut-être prendrait-il une nouvelle forme? Alors elle le poussa doucement avec le bout de la branche de saule.

L'animal laissa échapper un effrayant grognement. Ses yeux étincelèrent de colère et de menaçantes petites dents blanches claquèrent juste sous le nez de Laura.

Laura prit ses jambes à son cou et courut sans s'arrêter jusqu'à la maison.

— Mon Dieu, Laura! dit Maman. Tu vas te rendre malade à courir comme cela par cette chaleur.

Pendant tout ce temps, Marie était restée tranquillement assise comme une petite demoiselle à déchiffrer des mots dans le livre que Maman lui apprenait à lire. Marie était une gentille petite fille.

Laura avait désobéi et elle le savait. Elle avait manqué à la promesse faite à Papa. Mais personne ne l'avait vue. Personne ne savait qu'elle avait commencé à se diriger vers le trou d'eau. A moins qu'elle ne le dise, personne ne le saurait jamais. Certes, l'étrange animal le savait aussi, mais il ne pouvait pas la dénoncer. Au fond d'elle-même cependant, Laura se sentit de plus en plus mal.

Cette nuit-là, allongée à côté de Marie, Laura ne put trouver le sommeil. Papa et Maman étaient assis dehors et Papa jouait du violon à la lueur des étoiles.

— Essaie de dormir, Laura, dit doucement Maman.

Doucement aussi, le chant du violon la berçait. La silhouette de Papa se découpait sur le ciel et son archet semblait danser parmi les éclatantes étoiles. Tout en ce lieu respirait la bonté et la beauté à l'exception de Laura.

Elle avait trahi Papa. Ne pas tenir une promesse était aussi grave que dire un mensonge. Laura regrettait amèrement d'avoir désobéi, mais elle l'avait fait et si Papa l'apprenait, il la punirait.

Papa continuait à jouer doucement du violon sous les étoiles et le doux et joyeux chant parvenait aux oreilles de Laura. Il pensait que Laura était une gentille petite fille. Finalement, Laura eut vraiment le cœur trop lourd et elle se glissa hors de son lit.

Sur la pointe des pieds, elle traversa la pièce au sol frais en terre battue. En chemise de nuit et coiffée d'un petit bonnet, elle se tint à côté de Papa qui tirait les dernières notes avec son archet. Elle sentit qu'il lui souriait.

— Que se passe-t-il, ma petite pinte de cidre doux? lui demanda-t-il. Tu ressembles à un petit fantôme, toute vêtue de blanc dans ce noir.

— Papa, dit Laura d'une petite voix tremblante, j'ai commencé à prendre le chemin du trou d'eau.

— Tu as fait cela! s'exclama Papa. Et qu'est-ce qui t'a arrêtée?

— Je ne sais pas, chuchota Laura. Il y avait une fourrure grise qui — qui s'est complètement aplatie et qui a grogné.

— Quelle taille avait cet étrange animal? demanda Papa.

Laura lui dit tout ce qu'elle savait sur lui.

— Ce devait être un blaireau, en conclut Papa.

Ensuite, pendant un long moment, il ne dit rien et Laura attendit. Dans l'obscurité, elle ne pouvait pas distinguer son visage, mais elle s'appuya contre son genou et sentit combien Papa était fort et bon.

— Bien, dit-il finalement, je ne sais que faire. Tu comprends, j'avais confiance en toi et il est difficile de savoir que faire avec une personne en qui on n'a plus confiance. Mais sais-tu ce que les gens font d'habitude avec les personnes en qui ils n'ont pas confiance?

— Quoi? demanda Laura d'une voix mal assurée.

— Ils sont obligés de les surveiller, dit Papa. Alors je pense qu'il faudra qu'on te surveille. Je ne pourrai pas m'en charger car il faut que j'aille travailler chez Nelson. Alors, demain, il faudra que tu restes toute la journeé sous la surveillance de Maman et que tu ne t'éloignes jamais d'elle. Si demain tu es très sage, tu seras à nouveau notre gentille petite fille en qui nous avons confiance. Qu'en penses-tu, Caroline?

— Je suis tout à fait d'accord, Charles, dit la voix de Maman, sortant de l'obscurité. Demain je la surveillerai, mais je suis sûre qu'elle sera très gentille. Maintenant, Laura, retourne dans ton lit et essaie de dormir.

Le lendemain fut une journée horrible pour Laura.

Maman faisait du raccommodage et Laura dut rester à l'intérieur de la maison. Elle ne put même pas aller chercher de l'eau à la source, car elle aurait échappé au regard de Maman. C'est Marie qui y alla, c'est elle qui emmena Carrie se promener dans la prairie. Laura devait rester à l'intérieur.

Jack mit son museau sur ses pattes, remua la queue puis bondit dehors sur le sentier et se retourna pour regarder Laura, souriant avec ses oreilles, attendant qu'elle vînt le rejoindre. Il ne pouvait pas comprendre pourquoi elle ne venait pas.

Laura aida Maman. Elle lava la vaisselle, remit en état les deux lits, balaya et mit la table. Au déjeuner, elle s'assit sur le banc toute penaude et mangea ce que Maman mit devant elle. Ensuite, elle essuya la vaisselle. Après cela, elle déchira un drap qui était usé dans le milieu. Maman mit les deux morceaux de drap sur l'envers et fit une couture que Laura dut surjeter à tout petits points.

Elle pensa que cette journée et ce surjet n'en finiraient jamais.

Mais finalement Maman rangea son raccommodage car il était temps de préparer le dîner.

— Tu as été très gentille, Laura, dit Maman. Je le dirai à Papa et demain matin nous irons voir ce blaireau. Je suis sûre qu'il t'a sauvée de la noyade, car si tu avais été jusqu'à cette eau profonde, tu t'y serais certainement baignée. Une fois qu'on a commencé à désobéir on ne s'arrête pas facilement et, tôt ou tard, quelques malheurs arrivent.

— Oui Maman, dit Laura.

Maintenant elle avait compris.

La journée était finie, mais Laura n'avait pas vu le lever du soleil, ni l'ombre des nuages sur la prairie. Les volubilis et les iris mauves de ce jour étaient fanés. De toute la journée, Laura n'avait vu ni l'eau courante du ruisseau, ni les petits poissons, ni les nèpes patiner sur l'eau. Elle était maintenant sûre qu'être obéissante était beaucoup moins pénible qu'être surveillée.

Le lendemain, elle partit avec Maman à la recherche du blaireau. Sur le sentier, elle indiqua à Maman l'endroit où il s'était aplati sur l'herbe. Maman découvrit son terrier : un grand trou rond sous un bouquet d'herbe. Laura l'appela et sonda le trou avec son bâton.

Il ne sortirait certainement pas s'il était chez lui. Laura ne revit jamais plus ce vieux blaireau gris.

CHAPITRE 6

LA COURONNE
DE ROSES

Au-delà de l'étable, dans la prairie, il y avait un long rocher gris. Il dominait les herbes et les fleurs des champs ondulant doucement dans le vent. Marie et Laura pouvaient courir l'une à côté de l'autre ou faire la course sur ce plat et long rocher dont la surface était presque lisse. C'était l'endroit rêvé pour s'amuser.

Des lichens d'un gris vert aux franges ébouriffées poussaient là. Des processions de fourmis s'y aventuraient et, souvent, un papillon venait s'y reposer. Alors Laura regardait les ailes douces comme du velours s'ouvrir et se refermer, comme si le papillon respirait avec elles.

Elle distinguait les minuscules pattes posées sur le rocher, les antennes frémissantes et même les yeux ronds dépourvus de paupières.

Elle n'essayait jamais d'attraper ce papillon. Elle savait que ses ailes étaient recouvertes d'un très fin duvet qu'on ne pouvait voir ; mais le simple fait d'y toucher aurait alors blessé le papillon.

Le soleil était toujours chaud sur le rocher gris. Les herbes frémissantes de la prairie, les oiseaux et les papillons baignaient dans ses rayons. Il y avait toujours un léger souffle d'air, tiède et embaumé par les herbes ensoleillées. Au loin, du côté où le ciel rejoignait la terre, de petits points noirs s'agitaient dans la prairie. C'était le bétail qui était en train de paître.

Laura et Marie n'allaient jamais jouer sur le rocher gris le matin et elles s'en allaient quand le soleil commençait à décliner, car le bétail passait par là le matin et le soir.

Les bêtes se déplaçaient en troupeau, martelant le sol de leurs sabots et balançant leurs cornes. Johny Johnson, le vacher, marchait derrière elles. C'était un garçon au visage rond et rougeaud, aux yeux bleus et ronds et aux cheveux d'un blond très pâle, qui souriait toujours sans rien dire. Il ne parlait pas, car il ne connaissait aucun des mots que Laura et Marie utilisaient.

Un jour, en fin d'après-midi, Papa les appela du ruisseau. Il allait au gros rocher gris pour voir Johny Johnson rentrer le troupeau et Laura et Marie pouvaient l'accompagner.

Laura sauta de joie. Ce serait la première fois qu'elle approcherait de si près un troupeau de bétail et avec Papa elle n'aurait pas peur. Marie arriva lentement et resta tout près de Papa.

Le troupeau approchait déjà et on entendait de plus en plus distinctement les beuglements des bêtes. Leurs cornes se balançaient au-dessus de leur tête et leurs sabots soulevaient une fine poussière dorée.

— Les voilà qui arrivent! Grimpez! cria Papa.

Il hissa Marie et Laura sur le rocher et ils regardèrent le troupeau défiler.

Des bêtes aux robes rousses, brunes, noires, blanches ou tachetées se pressaient. Elles roulaient des yeux farouches et passaient leur langue sur leur museau plat; l'air méchant, elles secouaient la tête, pointant leurs cornes menaçantes. Mais Laura et Marie n'encouraient aucun danger sur le haut du rocher gris contre lequel se tenait Papa.

L'arrière du troupeau passait quand Laura et Marie aperçurent en même temps la plus jolie petite vache qu'elles aient jamais vue.

C'était une petite vache blanche, pointant des

oreilles rousses, au front garni d'une tache rousse. Ses petites cornes blanches se courbaient vers l'intérieur, désignant la tache. Et sur son flanc blanc, au beau milieu, il y avait un cercle parfait de taches rousses grosses comme des roses.

Même Marie sauta de joie en la voyant.

— Oh, regardez, regardez! cria Laura. Regarde, Papa, la vache avec la couronne.

Papa rit. Il était en train d'aider Johny Johnson à isoler cette vache du reste du troupeau. Il appela les filles :

— Venez, aidez-moi à la conduire à l'étable!

Laura sauta du rocher et courut aider Papa en criant :

— Pourquoi, Papa? Pourquoi? Oh, Papa, allons-nous la garder?

La petite vache blanche rentra dans l'étable et Papa répondit :

— C'est notre vache!

Laura fit demi-tour et courut de toute la force de ses petites jambes. Elle dévala le sentier et se précipita dans la maison, criant :

— Oh, Maman, Maman! Viens voir la vache, nous avons une vache! Une si jolie vache!

Maman prit Carrie dans ses bras et alla voir.

— Charles! s'exclama-t-elle.

— Elle est à nous, Caroline, dit Papa. Est-ce qu'elle te plaît?

— Mais, Charles... répondit Maman.

— Nelson me l'a cédée, lui expliqua Papa, et je paye en journées de travail. Nelson a besoin d'aide pour les foins et les moissons. Regarde-la ! c'est une bonne petite vache laitière. Caroline, nous allons avoir du lait et du beurre !

— Oh, Charles ! se contenta de dire Maman.

Laura n'avait pas besoin d'en entendre davantage. Elle repartit en courant le plus vite qu'elle put le long du sentier conduisant à la maison. Elle saisit sur la table sa petite tasse en fer-blanc et retourna en toute hâte vers l'étable.

Papa avait attaché la jolie vache blanche dans sa petite stalle, à côté de Pete et Bright. Elle ruminait tranquillement. Laura s'accroupit à côté d'elle, tenant avec précaution la tasse d'une main et saisissant de l'autre le pis de la vache et le tirant exactement comme elle avait vu Papa le faire quand il trayait. Et, bien sûr, une giclée de lait chaud et blanc tomba directement dans la tasse.

— Mon Dieu, que fait cette enfant ! s'exclama Maman.

— Je trais, Maman, répondit Laura.

— Pas de ce côté-là, avertit Maman, elle va te donner un coup de sabot.

Mais la jolie vache se contenta de tourner la tête et regarda Laura avec des yeux bienveillants. Elle avait l'air surprise, mais ne rua pas.

— Il faut toujours traire une vache du côté droit, précisa Maman.

Mais Papa dit :

— Regardez-moi cette petite pinte de cidre doux. Qui donc t'a appris à traire ?

Personne ne le lui avait appris, mais Laura savait comment traire les vaches ; elle avait observé Papa. Maintenant, tous la regardaient. L'un après l'autre, les jets de lait giclaient dans la tasse et moussaient à petits bruits. La mousse blanche atteignit bientôt le rebord de la tasse.

Ensuite, Papa, Maman, Marie et Laura avalèrent chacun une gorgée de délicieux lait chaud et Carrie but ce qui restait. Cela leur fit du bien et ils restèrent à contempler cette jolie vache.

— Comment s'appelle-t-elle? demanda Marie.

Papa partit d'un grand rire et répondit qu'elle s'appelait Crone.

— Elle s'appelle Crone! répéta Maman, en voilà un drôle de nom!

— Les Nelson lui avait donné un nom norvégien, expliqua Papa, et quand j'ai demandé ce qu'il signifiait, Nelson m'a dit que c'était une « crone ».

— Diable! Qu'est-ce que cela peut bien être? demanda Maman.

— C'est ce que j'ai demandé à Mme Nelson, dit Papa. Mon ébahissement devait se lire sur mon visage, car elle finit par dire « une crone de roses ».

— Une couronne! s'écria Laura. Une couronne de roses!

Ils éclatèrent tous de rire jusqu'à n'en plus pouvoir.

— Ça, c'est la meilleure! dit Papa. Dans le Wisconsin, nous vivions entourés de Suédois et d'Allemands. En Territoire indien, nous vivions parmi les Indiens et maintenant, dans le Minnesota tous nos voisins sont norvégiens. Ce sont d'agréables voisins aussi. Mais j'ai l'impression qu'il n'y a pas beaucoup de gens comme nous.

— Bon! dit Maman, on ne va pas appeler cette vache « crone » ou couronne de roses, on l'appellera Spot.

CHAPITRE 7

LE BŒUF
SUR LE TOIT

Maintenant, Laura et Marie avaient beaucoup de choses à faire.

Chaque matin, avant le lever du soleil, elles devaient conduire Spot au gros rocher gris à la rencontre du bétail, pour que Johny Johnson puisse la mener paître avec le reste du troupeau toute la journée. Et chaque fin d'après-midi, elles ne devaient pas oublier d'aller à la rencontre du troupeau et de mettre Spot dans l'étable.

Le matin, l'herbe fraîche couverte de rosée mouillait leurs pieds et trempait le bas de leur robe. Elles prenaient plaisir à patauger dans l'herbe perlée de rosée. Elles aimaient à contempler le soleil, se levant à la lisière du monde.

D'abord, tout était tranquille et gris : le ciel, l'herbe humide, la lumière étaient gris et le vent retenait son souffle.

Ensuite, de fines traînées vertes apparaissaient dans le ciel, à l'est. Si un petit nuage se formait, aussitôt il se teintait de rose. Laura et Marie s'asseyaient sur le rocher glacé et humide, recroquevillées de froid. Elles posaient le menton sur leurs genoux et regardaient, et en bas, dans l'herbe, Jack regardait aussi. Elles ne pouvaient jamais saisir le moment précis où le ciel devenait rose.

Le firmament se teintait d'un rose très pâle, puis ce rose s'avivait progressivement et montait dans le ciel, à chaque instant plus éclatant et intense. Finalement, il flamboyait et le petit nuage s'embrasait d'or. Du centre de cet empourprement, aux confins de la terre et du ciel, perçait un minuscule rayon de soleil, rapide trait de feu incandescent. Soudain, le soleil tout entier surgissait, immense et rond, bien plus grand que le soleil habituel et palpitait d'une telle lumière que son globe semblait prêt à se rompre.

Laura ne pouvait s'empêcher de cligner des yeux, et tandis que ses yeux se fermaient juste un instant, le ciel devenait bleu et le nuage doré s'évanouissait. Le soleil quotidien brillait sur les herbes de la prairie où gazouillaient des milliers d'oiseaux.

Le soir, à l'heure où le bétail rentrait à l'étable, Marie et Laura se précipitaient toujours vers le gros rocher pour y arriver avant les trépignements des sabots et les têtes aux cornes menaçantes.

Papa travaillait maintenant pour M. Nelson et Pete et Bright n'avaient plus de travail à faire. Ils allaient paître avec Spot et le reste du troupeau. Laura n'avait pas peur de la gentille et blanche Spot, mais Pete et Bright étaient si énormes qu'ils auraient effrayé n'importe qui.

Un soir, le bétail devint enragé. Les bêtes arrivèrent en beuglant et en grattant la terre du pied et, quand elles parvinrent à la hauteur du gros rocher, au lieu de passer leur chemin comme d'habitude, elles se mirent à courir tout autour, en beuglant et en se donnant des coups. Elles secouaient leurs cornes, roulaient des yeux farouches et menaçaient de s'entre-déchirer. Leurs sabots soulevaient d'âcres tourbillons de poussière et leurs cornes étaient terrifiantes.

Marie était paralysée de peur. Laura, tout aussi effrayée, sauta cependant en bas du rocher. Elle savait qu'elle devait conduire Spot, Pete et Bright à l'intérieur de l'étable.

Le bétail émergeait de la poussière. Leurs

54

sabots piétinaient rageusement le sol, leurs cornes cherchaient à blesser et d'effrayants mugissements se faisaient entendre. Mais Johny aida à ramener Pete et Bright vers l'étable. Jack aida aussi : il les talonnait en grognant. Laura courait derrière eux en criant. Avec son gros bâton, Johny fit s'éloigner le reste du troupeau.

Spot entra dans l'étable, suivie de Bright. Ensuite, Pete s'apprêtait à entrer et Laura commençait à être rassurée, quand soudain cet énorme animal fit demi-tour, secoua ses cornes, raidit sa queue et partit en galopant pour rejoindre le troupeau.

Laura courut au-devant de lui. Elle agitait ses bras et criait à tue-tête. Pete beugla et prit la direction du ruisseau, écumant de rage.

Laura courut du plus vite qu'elle put pour essayer à nouveau de lui barrer la route. Mais Laura avait de petites jambes et Pete de longues pattes. Jack arriva lui aussi en courant le plus vite possible, mais il ne fit qu'énerver Pete qui se mit à galoper encore plus vite et se précipita tout droit sur le toit de la maison.

Laura vit ses pattes de derrière s'enfoncer dans le toit. Cet énorme bœuf allait tomber sur Maman et Carrie et ce serait la faute de Laura, car elle n'avait pas su l'arrêter.

Il arriva finalement à dégager ses pattes. Laura n'avait pas cessé de courir. Elle était

maintenant en face de Pete et Jack aussi.

Ils le pourchassèrent en direction de l'étable et le firent entrer dedans. Elle tremblait de tout son corps, ses jambes flageolaient et ses genoux s'entrechoquaient.

Maman avait monté le sentier en courant, Carrie dans ses bras. Il n'y avait eu aucun mal, seulement un trou dans le toit, là où s'étaient enfoncés les sabots de Pete. Maman dit qu'elle avait été effrayée en voyant le plafond s'affaisser sous les pattes de l'animal, mais que finalement, les dégâts n'étaient pas très importants.

Elle boucha le trou avec de l'herbe et balaya

la terre qui était tombée dans la maison. Puis elle se mit à rire avec Laura en pensant que c'était amusant d'habiter dans une maison où un bœuf pouvait passer au travers du toit. Ils vivaient une vraie vie de lapin!

Le lendemain matin, alors que Laura lavait la vaisselle elle vit de petites choses noires tomber le long du mur blanchi à la chaux. C'étaient des mottes de terre. Elle chercha d'où cela venait. Tout à coup, plus rapide qu'un lièvre elle fit un bond en arrière alors qu'un gros caillou s'abattait sur le sol et que le toit s'écroulait à sa suite.

Le soleil brillait maintenant dans la maison et celle-ci était envahie de poussière. Maman, Marie et Laura suffoquaient et éternuaient; elles voyaient le ciel au-dessus de leur tête à la place du toit. Carrie éternuait aussi dans les bras de Maman. Jack se précipita dans la pièce et quand il vit le ciel au-dessus de lui il grogna dans sa direction, puis se mit à éternuer lui aussi.

— Bien, voilà la question réglée. Il n'y a plus de doute. Il faudra que Papa répare le toit demain, dit Maman.

Ensuite, elles enlevèrent le caillou, la terre et la paille qui étaient tombés. Maman balaya et rebalaya avec son balai en brindilles de saule.

Cette nuit-là, ils dormirent dans la maison à la belle étoile! Une telle chose ne leur était jamais arrivée.

Le lendemain, Papa dut rester à la maison pour construire un nouveau toit. Laura l'aida à transporter les branches fraîchement coupées et elle les lui passait pour qu'il les assemble soigneusement. Ils répartirent une grande épaisseur d'herbes fraîchement fauchées sur les branches, puis entassèrent de la terre. Pour finir, Papa étala par-dessus tout cela des mottes de gazon découpées dans la prairie.

Il les ajusta avec soin et Laura l'aida à les tasser.

— Cette herbe ne saura jamais qu'elle a été transplantée! dit Papa. Dans quelques jours on ne pourra plus du tout distinguer le nouveau toit de la prairie.

Il ne gronda pas du tout Laura pour avoir laissé Pete s'enfuir, il dit seulement :

— Ce n'est pas une bonne idée pour un bœuf emballé d'aller courir juste sur notre toit!

CHAPITRE 8

LA MEULE
DE PAILLE

Quand Papa eut fini d'aider M. Nelson à rentrer sa moisson, il ne lui devait plus rien pour Spot. Il lui fallait maintenant s'occuper de sa propre moisson. Il aiguisa la longue et dangereuse faux à laquelle les petites filles ne devaient pas toucher et faucha le blé dans le petit champ situé au-delà de l'étable, en fit des gerbes puis les mit en meule.

Puis, chaque matin, Papa alla travailler sur l'étendue plane située de l'autre côté du ruisseau, coupant l'herbe de la prairie et la laissant sécher au soleil. Puis il la ratissa avec un rateau de bois et la mit en tas. Il attela Pete et Bright au chariot, transporta le foin et fit six grosses meules.

Et le soir même, il était tellement fatigué qu'il n'avait même plus la force de jouer du violon. Mais il était content car, quand tout le foin serait mis en meule, il pourrait labourer ce champ fauché et là s'étendrait le futur champ de blé.

Un matin, au lever du jour, trois hommes à l'allure étrange arrivèrent avec une batteuse. Ils firent le battage du blé de Papa. Laura entendit le bruit strident des rouages de la machine tandis qu'elle conduisait Spot à travers l'herbe mouillée de rosée, et quand le soleil se leva, les bales du grain s'élevaient dans l'air pareilles à des gouttes d'or.

Le battage fut terminé avant le petit déjeuner et les hommes repartirent avec la machine. Papa regrettait bien que Hanson n'eût pas semé davantage de blé.

— Mais il y en a suffisamment pour faire un peu de farine, dit-il, et la paille, en plus du foin que j'ai coupé, suffira à nourrir le bétail pendant tout l'hiver. J'espère bien que l'an prochain nous aurons une récolte de blé autrement plus belle que celle-là!

Quand Laura et Marie allèrent jouer dans la prairie ce matin-là, la première chose qu'elles virent fut la splendide meule de paille dorée.

Elle était de grande taille et brillait dans le soleil. Elle exhalait une odeur encore plus douce que celle du foin.

Laura glissa sur la paille mais elle arriva à grimper plus vite que la paille ne s'éboulait. En une minute elle se trouva en haut de la meule.

Elle regarda au-delà des saules et du ruisseau vers la prairie lointaine qu'elle pouvait contempler dans son immensité. Elle était haut dans le ciel, presque aussi haut que les oiseaux. Elle agita ses bras et ses pieds rebondirent sur la paille souple. Elle volait presque et s'élevait haut dans les airs.

— Je vole! Je vole! cria-t-elle à Marie qui était restée en bas.

Marie monta la rejoindre.

— Saute! Saute! dit Laura.

Elles se tenaient les mains et sautaient de plus en plus haut en faisant la ronde.

Le vent soufflait, leurs jupes virevoltaient et leurs capelines se balançaient au bout de leurs brides.

— Plus haut, plus haut! chantait Laura en sautant.

Soudain la paille glissa sous ses pieds et elle descendit la meule sur les fesses, glissant de plus en plus vite. Boum! Elle atterrit par terre. Poum! Marie tomba sur elle.

Elles roulèrent en riant dans la paille craquante. Ensuite elles remontèrent en haut de la meule et se laissèrent à nouveau glisser en bas. Elles ne s'étaient jamais tant amusées.

Elles remontèrent et glissèrent, remontèrent à nouveau et glissèrent encore, jusqu'à ce que la meule ne soit plus qu'un triste amas de paille dispersée.

Alors elles redevinrent sérieuses. Papa avait édifié cette meule de paille et maintenant elle ne ressemblait plus à rien. Elles se regardèrent silencieusement puis regardèrent feu la meule de paille. Alors Marie dit qu'elle rentrait à la maison et Laura la suivit sagement. Elles furent très gentilles, s'empressèrent d'aider Maman, jouèrent calmement avec Carrie, en attendant le retour de Papa pour le déjeuner.

Quand il rentra, il regarda Laura droit dans les yeux et celle-ci baissa la tête.

— Les filles, je vous interdis de retourner glisser sur la meule de paille, dit Papa. Il a fallu que je rassemble et que je remonte toute cette paille éparse.

— Nous ne le ferons plus, dit Laura avec sérieux, et Marie dit :

— Non, nous ne le ferons plus !

Après le déjeuner, Marie lava la vaisselle et Laura l'essuya. Ensuite elles remirent leur capeline et prirent le sentier qui conduisait à la prairie. La meule de paille toute dorée brillait dans le soleil.

— Laura, que fais-tu ? dit Marie.

— Je ne fais rien, dit Laura. Je ne la touche même pas.

— Va-t'en d'ici tout de suite ou je vais le dire à Maman, dit Marie.

— Papa n'a pas dit qu'on avait pas le droit de la sentir, répliqua Laura.

Elle se tint tout contre la meule dorée et huma plusieurs fois à pleins poumons. La paille était chauffée par le soleil et respirer sa bonne odeur était plus agréable que de mâcher des grains de blé. Laura enfouit sa tête dedans, ferma les yeux et sentit du plus fort qu'elle put.

— Mmm! dit-elle.

Marie arriva et la sentit aussi et ne put que dire : Mmm!

Laura leva les yeux et regarda la meule dorée et scintillante. Le ciel qui se détachait derrière cette meule d'or ne lui avait jamais paru aussi bleu. Elle ne pouvait pas rester en bas. Il fallait qu'elle atteigne ce ciel.

— Laura! cria Marie. Papa a dit qu'on ne devait pas.

Laura escaladait.

— Il n'a pas dit non plus, contredit-elle, qu'on ne devait pas monter dessus. Il a dit qu'on ne devait pas glisser. Je ne fais que monter.

— Descends tout de suite de là! dit Marie.

Laura était en haut de la meule. Elle regarda en bas Marie et dit, comme une bonne petite fille :

— Je ne vais pas me laisser glisser; Papa l'a interdit.

Rien, sinon le ciel bleu, n'était plus haut qu'elle. Le vent soufflait. La prairie s'étendait à l'infini. Laura étendit les bras et sauta et la paille la fit rebondir.

— Je vole! Je vole! chanta-t-elle.

Marie monta et commença à voler elle aussi.

Elles s'amusèrent à rebondir jusqu'à n'en plus pouvoir. Puis elles se laissèrent tomber sur la paille chaude et odorante. De chaque côté de Laura, la paille se soulevait, formant une bosse. Laura roula sur celle-ci qui s'aplatit mais une autre se forma aussitôt. Elle roula de plus en plus vite sur les bosses qui se formaient sous le poids de son corps. Elle ne pouvait plus s'arrêter.

— Laura, cria Marie. Papa a dit que...

Mais Laura continuait à se laisser rouler dans la paille jusqu'à dévaler la meule et se retrouver par terre.

Elle se releva et escalada à toute vitesse la meule. Elle se laissa tomber et recommença à rouler.

— Viens Marie! cria-t-elle. Papa n'a pas dit que nous ne devions pas rouler.

Marie se tenait au sommet de la meule et argumentait :

— Je sais que Papa n'a pas dit que nous ne pouvions pas rouler, mais...

— Alors, viens!

Laura roulait à nouveau en bas de la meule.

— Viens donc! cria-t-elle. Tu ne peux pas savoir comme c'est drôle!

— D'accord, mais je... commença Marie, puis elle se mit à rouler elle aussi.

Elles s'amusèrent follement. C'était encore plus amusant que les glissades. Elles grimpèrent puis roulèrent, grimpèrent à nouveau puis roulèrent encore, riant de plus en plus. A peine étaient-elles arrivées en bas de la meule, qu'elles remontaient pour rouler à nouveau. Mais de plus en plus de paille roulait avec elles. Elles s'empêtraient dedans et se firent rouler l'une l'autre puis remontèrent et redescendirent en roulant jusqu'à ce que la meule se soit complètement affaissée.

Ensuite elles brossèrent de leur robe et de leurs cheveux jusqu'au plus petit brin de paille et rentrèrent tranquillement à la maison.

Quand Papa revint de faire les foins cette nuit-là, Marie s'activait à mettre la table pour le dîner et Laura était derrière la porte, très occupée à jouer avec la boîte de poupées en papier.

— Laura, dit Papa, l'air terrible, viens ici!

Laura sortit lentement de derrière la porte.

— Viens ici, dit Papa, juste à côté de Marie.

Il s'assit et les fit se tenir devant lui, l'une à côté de l'autre, mais c'était Laura qu'il regardait.

Il dit d'un ton sévère :

— Vous, les filles, vous êtes retournées faire des glissades sur la meule de paille!

— Non, Papa, dit Laura.

— Marie, dit Papa, avez-vous glissé sur la meule?

— Non, Papa, dit Marie.

— Laura! dit Papa d'une voix terrifiante.

Répète-le, AVEZ-VOUS GLISSÉ SUR LA MEULE?

— Non, Papa, répondit Laura à nouveau.

Et elle soutint hardiment le regard indigné de Papa, ne comprenant pas pourquoi il avait une telle attitude.

— Laura! dit-il.

— Nous n'avons pas été faire des glissades, Papa, expliqua Laura, nous avons été rouler sur la meule.

Papa se leva immédiatement et alla à la porte. Son dos fut secoué de tremblements. Laura et Marie ne savaient que penser.

Quand Papa se retourna, son visage était sévère mais ses yeux pétillaient de rire.

— Très bien Laura, dit-il, mais maintenant, les filles, je ne veux plus que vous vous approchiez de cette meule. Pete, Bright et Spot n'auront que du foin et de la paille à manger pendant tout l'hiver. Ils en ont besoin, jusqu'au plus petit brin. Vous ne voulez pas qu'ils souffrent de la faim, n'est-ce pas?

— Oh non, Papa! dirent-elles.

— Bon, si cette paille doit suffire à les nourrir, elle DOIT — RESTER — EN MEULE. Comprenez-vous?

— Oui, Papa.

Et elles n'allèrent plus jamais jouer dans la paille.

CHAPITRE 9

UN TEMPS
DE SAUTERELLE

Maintenant, tout au long du ruisseau Plum, les prunes mûrissaient sur les bosquets de pruniers sauvages, petits arbres qui poussaient tout près les uns des autres. Leurs nombreuses petites branches en désordre étaient garnies de prunes juteuses et à la peau fine. Autour d'eux, l'air était doux et immobile et les ailes des insectes vrombissaient.

Papa était en train de labourer la terre située de l'autre côté du ruisseau, là où il avait fait les foins. Avant le lever du soleil, à l'heure où Laura conduisait Spot au rocher gris à la rencontre du troupeau, Pete et Bright avaient quitté l'étable. Papa les avait attelés à la charrue et était parti travailler.

Quand Laura et Marie eurent fini de laver la vaisselle du petit déjeuner, elles prirent des seaux en fer-blanc et allèrent faire la cueillette des prunes. Du toit de la maison elles pouvaient voir Papa labourer. Les bœufs, la charrue et Papa avançaient lentement, traçant un sillon. Ils paraissaient tout petits et la charrue soulevait un léger nuage de poussière.

Chaque jour, la tache brun foncé de terre labourée, semblable à du velours, s'agrandissait. Elle avait englouti les chaumes dorés et s'étendait sur les herbes ondulantes de la prairie. Cela allait être un très grand champ de blé et le jour où Papa le faucherait, lui, Maman, Laura et Marie, auraient tout ce qu'ils pouvaient souhaiter.

Ils auraient une maison, des chevaux, et même des gourmandises tous les jours, une fois la moisson faite.

Laura avança lentement à travers les herbes hautes vers les bosquets de pruniers bordant le ruisseau. Sa capeline pendait dans son dos et elle balançait son seau. Les herbes commençaient maintenant à jaunir et à se dessécher et des douzaines de petites sauterelles s'enfuyaient en sautant sur le passage de Laura, en faisant entendre de petits bruissements. Marie arriva sur le sentier que Laura avait tracé. Elle gardait sa capeline sur la tête.

Quand elles arrivèrent au bosquet de pruniers, elles posèrent leurs gros seaux par terre. Elles emplirent les petits seaux de prunes et les vidèrent dans les grands seaux, jusqu'à ce que ceux-ci soient pleins. Ensuite elles ramenèrent les grands seaux jusque sur le toit de la maison. Sur l'herbe Maman étala des tissus propres sur lesquels Laura et Marie mirent les prunes pour les faire sécher au soleil. Ils auraient une provision de pruneaux pour l'hiver prochain.

Les bosquets de pruniers projetaient une ombre étroite. Le soleil jouait entre les feuilles fuselées au-dessus des têtes des petites filles. Les petites branches ployaient sous le poids des prunes dont certaines étaient tombées et avaient roulé entre des touffes de longues herbes. Quelques-unes s'étaient écrasées, d'autres étaient lisses et intactes et certaines s'étaient fendillées, laissant apparaître l'intérieur jaune et juteux.

Ces craquelures étaient recouvertes d'abeilles et de frelons qui se disputaient le délicieux jus. Ils suçaient le jus de toutes leurs forces, remuant joyeusement leur petite queue écailleuse. Ils étaient trop occupés et trop heureux pour piquer. Quand Laura les touchait avec un brin d'herbe, ils bougeaient juste d'un pouce sans cesser de sucer le bon jus de prune.

Laura mit toutes les bonnes prunes dans son seau, mais, d'une pichenette, elle chassa les frelons des prunes fendillées et ne fit qu'une bouchée du délicieux fruit chaud, sucré et juteux. Les frelons bourdonnaient autour d'elle, consternés, se demandant où était passée leur prune. Mais en une seconde, ils s'étaient frayé une place sur une autre prune craquelée, envahie par leurs semblables.

— Je suis sûre que tu as mangé plus de prunes que tu n'en as ramassées, déclara Marie.

— Je n'ai jamais fait une telle chose, contredit Laura, j'ai ramassé chaque prune que j'ai mangée.

— Tu sais très bien ce que je veux dire, répondit Marie, irritée. Tu ne fais que t'amuser pendant que je travaille.

Mais Laura emplit son grand seau aussi vite que Marie. Marie était de mauvaise humeur car elle aurait préféré coudre ou lire plutôt que de ramasser des prunes. Mais Laura avait horreur de rester ainsi tranquille.

Elle aimait secouer les arbres et c'est tout un art que de secouer un prunier. Si on le secoue trop fort, les prunes vertes tombent et sont perdues. Si on le secoue trop doucement, on n'arrive pas à faire tomber toutes les prunes mûres : elles tomberont dans la nuit, et certaines s'écraseront et pourriront.

Laura connaissait l'art de secouer les pruniers. Elle tenait dans ses mains le tronc rugueux et le secouait : une secousse rapide et douce. Chaque prune se balançait au bout de sa tige, puis, une à une, elles tombaient tout autour de Laura avec un petit bruit. Une autre secousse : les prunes se balançaient à nouveau et les dernières prunes mûres qui restaient tombaient à terre — ploum, ploum, ploum !

Il y avait de nombreuses variétés de prunes. Quand toutes les prunes rouges étaient ramassées, les jaunes étaient mûres. Puis venait le tour des prunes pourpres : c'était les plus grosses mais aussi les plus tardives. On les appelait les prunes de gelée car elles ne mûrissaient qu'après les gelées.

Un matin, la terre se recouvrit d'un délicat manteau argent. Chaque brin d'herbe était argenté et le sentier chatoyait joliment. Mais Laura, toujours pieds nus, avait l'impression de marcher sur des braises et laissait de sombres empreintes de pas. Son haleine s'échappait comme une petite fumée dans l'air glacé et il en était de même pour Spot. Quand le soleil se leva, toute la prairie scintilla. Des milliers de minuscules étincelles de couleurs brillèrent sur les herbes.

On pouvait maintenant ramasser les prunes de gelée, ces grosses prunes pourpres recouvertes d'un léger voile argenté.

Le soleil n'était plus aussi chaud et les nuits étaient froides. La prairie avait presque la même couleur que les meules de foin jaunies. L'air exhalait une odeur différente et le ciel n'était plus si intensément bleu.

Il faisait toujours chaud à midi, il ne pleuvait pas et il ne gela plus. On approchait de la fin novembre et il ne neigeait toujours pas!

— Je ne sais pas quoi penser de ce temps, dit Papa. Je n'ai jamais rien vu de semblable. Nelson dit que les vieilles personnes appellent un tel temps un temps de sauterelle.

— Pourquoi donc l'appellent-elles comme cela? lui demanda Maman.

— Ce n'est pas moi qui pourrais te l'expliquer, répondit Papa en hochant la tête. « Un temps de sauterelle », voilà ce que dit Nelson et je ne vois vraiment pas ce que cela peut signifier.

— C'est probablement un vieux dicton norvégien, dit Maman.

Laura trouvait que cette expression sonnait bien et quand elle courait à travers les herbes craquantes de la prairie et qu'elle voyait sauter les sauterelles, elle se chantait à elle-même : « Temps de sauterelle, temps de sauterelle! »

CHAPITRE 10

LE BÉTAIL
DANS LE FOIN

L'été était terminé, l'hiver approchait et il était temps pour Papa d'aller à la ville. Ici, dans le Minnesota, la ville était si proche que Papa ne serait parti qu'une journée et que Maman pouvait l'accompagner.

Elle emmena Carrie, car celle-ci était trop petite pour rester loin de Maman. Mais Marie et Laura étaient de grandes filles : Marie allait sur ses neuf ans, Laura sur ses huit ans. Elles pouvaient donc rester à la maison et prendre soin de tout en l'absence de Papa et Maman.

Pour aller à la ville, Maman avait coupé dans une robe de calicot rose, que Laura avait portée quand elle était petite, une nouvelle robe pour Carrie. Avec les chutes de tissu, elle avait fait une petite capeline rose. Pendant toute la nuit, les cheveux de Carrie avaient été enroulés autour de papillotes et ils pendaient maintenant en longues boucles dorées ; et quand Maman lui attacha les brides de la petite capeline sous son menton, Carrie ressemblait vraiment à une rose.

Maman portait son jupon à paniers et sa plus jolie robe en chalys, imprimée de petites fraises, qu'elle avait portée lors de la fête du Sucre, il y a longtemps dans les Grands Bois.

— Laura et Marie, soyez bien sages !

Cela fut la dernière recommandation de Maman. Elle était assise sur le siège du chariot, avec Carrie auprès d'elle. Ils avaient emmené leur déjeuner et Papa avait pris le pique-bœuf.

— Nous serons de retour avant le coucher du soleil, promit-il. « Hue », cria-t-il à Pete et à Bright, le gros et le petit bœuf.

Ils tirèrent sur le joug, et le chariot se mit en branle.

— Au revoir Papa ! Au revoir Maman ! Au revoir Carrie ! leur crièrent Marie et Laura.

Le chariot s'éloigna lentement. Papa marchait à côté des bœufs. Maman, Carrie, le chariot et Papa ne furent bientôt plus que de petits points noirs, au loin, dans la prairie.

Alors, celle-ci parut immense et vide, mais il

n'y avait rien à craindre : ni loups ni Indiens. De plus, Jack restait aux côtés de Laura et on pouvait compter sur lui. Il savait qu'il devait veiller à tout quand Papa n'était pas là.

Ce matin-là, Marie et Laura jouèrent sur les bords du ruisseau, parmi les roseaux. Elles ne s'approchèrent pas du trou d'eau, elles ne touchèrent pas à la meule de paille. A midi, elles mangèrent des galettes de maïs et de la mélasse, burent le lait que Maman leur avait préparé. Elles lavèrent leurs tasses en fer-blanc et les rangèrent.

Puis Laura voulut aller jouer sur le gros rocher, mais Marie voulait rester à la maison. Elle dit que Laura devait y rester aussi.

— Maman peut m'y obliger, dit Laura, mais pas toi.

— Si, je peux, dit Marie, quand Maman n'est pas là, c'est moi qui commande car je suis la plus âgée.

— Tu dois me laisser faire ce que je veux car je suis la plus petite, insista Laura.

— C'est Carrie la plus petite, pas toi, répondit Marie. Si tu ne fais pas ce que je dis, je le dirai à Maman.

— Je pense que je peux jouer où ça me plaît, finit par dire Laura.

Marie voulut l'attraper, mais Laura fut plus rapide. Elle se précipita dehors et elle aurait couru jusqu'en haut du sentier si Jack ne s'était pas trouvé en travers du chemin, les pattes tendues et le poil hérissé, regardant de l'autre côté du ruisseau. Laura tourna la tête dans cette direction et poussa un cri perçant, appelant : « Marie! »

Le bétail s'était approché des meules et commençait à manger le foin. Il n'allait plus rien rester pour nourrir Pete, Bright et Spot durant l'hiver.

Jack savait quoi faire. Il descendit en grognant les marches qui menaient au petit pont. Papa n'était pas là pour protéger les meules de foin. C'était à eux trois de faire partir le troupeau.

— On n'y arrivera pas! On n'y arrivera pas! cria Marie, terrorisée.

Mais Laura courut derrière Jack et Marie les suivit. Ils traversèrent le ruisseau, dépassèrent la source et arrivèrent sur la prairie ; maintenant ils étaient face aux énormes bêtes à l'air farouche. Elles secouaient leurs longues cornes, de la bave coulait de leur bouche et leurs sabots piétinaient le sol.

La crainte paralysait Marie. Laura avait trop peur pour rester sans rien faire, alors elle secoua Marie. Elle vit un bâton, s'en empara et courut vers le troupeau en hurlant. Jack aussi leur courait après en grondant. Une grosse vache rousse le menaça de ses cornes, mais il se précipita derrière elle. Elle renacla bruyamment et partit au galop. Tout le reste du troupeau la suivit, tête baissée, dans une grande bousculade. Jack, Laura et Marie coururent derrière elles.

Mais ils n'arrivaient pas à les éloigner des meules car le troupeau ne cessait de tourner en rond, se bousculant, bavant, défaisant les meules et piétinant le foin qui se répandait de plus en plus sur le sol. Laura courait à perdre haleine, hurlant et agitant son bâton; plus vite elle courait, plus vite allait le troupeau, bêtes aux robes noires, rousses, brunes, tachetées, aux cornes énormes et menaçantes, qui ne cessaient d'abîmer le foin. Tout le foin allait être complètement perdu! Certaines essayèrent même de monter sur les meules chancelantes.

Laura avait chaud et la tête lui tournait. Ses tresses s'étaient défaites et elle avait les cheveux dans les yeux. Sa gorge était irritée à force d'avoir tant crié, mais elle ne cessait de hurler, de courir et d'agiter son bâton, de l'agiter seulement car elle avait bien trop peur de frapper l'une de ces grosses bêtes à cornes. Les meules s'affaissaient de plus en plus, les bêtes passaient de plus en plus vite en les piétinant.

Soudain, Laura fit demi-tour et courut en sens inverse. Elle se retrouva face à face avec la grosse vache rousse au détour d'une meule.

Les énormes pattes, le large poitrail et les terribles cornes arrivèrent à toute allure sur Laura qui ne put proférer un son. Elle se précipita néanmoins vers la vache en agitant son bâton. La vache essaya de s'arrêter, mais elle ne pouvait pas car le reste du troupeau arrivait derrière elle. Elle fit un écart et courut à travers la terre labourée, toutes les autres bêtes galopant derrière elle.

Jack, Laura et Marie les poursuivirent de plus en plus loin. Ils chassèrent ce bétail dans la prairie, loin des foins.

Johny Johnson apparut dans la prairie, se frottant les yeux. Il s'était endormi dans l'herbe, dans un creux chaud et douillet.

— Johny! Johny! cria Laura, réveille-toi et va surveiller le bétail!

— Cela vaudrait mieux! lui dit Marie.

Johny Johnson regarda le bétail en train de brouter l'herbe épaisse, puis il regarda Laura, Marie et Jack. Il ne savait pas ce qui s'était passé et elles ne pouvaient pas le lui expliquer car Johny ne comprenait que le norvégien.

Les jambes tremblantes, elles rentrèrent à travers les hautes herbes qui rendaient leur marche difficile. Elles furent heureuses de se rafraîchir à la source et de trouver un repos bien gagné dans la paisible maison souterraine.

CHAPITRE 11

BRIGHT S'EMBALLE

Pendant tout le reste de l'après-midi, les petites filles restèrent tranquillement à la maison. Le troupeau ne revint plus vers les meules de foin. Maintenant, le soleil déclinait lentement à l'ouest : il serait bientôt temps d'aller à la rencontre du troupeau près du rocher gris. Laura et Marie souhaitaient que Papa et Maman soient de retour avant.

Maintes fois, elles montèrent sur le sentier, espérant voir venir le chariot. Finalement, elles restèrent à attendre dehors, assises avec Jack sur le toit herbeux de la maison. Plus le soleil baissait, plus Jack dressait l'oreille. Bien qu'ils pussent voir aussi bien en restant assis, lui et Laura se levaient pour regarder à l'horizon.

Finalement, Jack dressa une oreille dans cette direction, puis l'autre, il regarda Laura en remuant sa petite queue. Le chariot arrivait! Ils regardèrent fixement l'horizon en attendant que le chariot débouchât dans la prairie. Quand Laura vit les bœufs, Maman et Carrie assises sur le banc du chariot, elle sauta de joie, agitant sa capeline et criant :

— Ils arrivent! Ils arrivent!

— Ils arrivent terriblement vite, dit Marie.

Laura ne répondit rien. Elle entendit le chariot arriver dans un affreux bruit de ferraille. Pete et Bright avançaient à toute allure : ils galopaient, ils s'étaient emballés!

Le chariot arriva en bringuebalant. Laura vit Maman tapie dans un coin du chariot, s'accrochant au rebord et serrant très fort Carrie dans ses bras. Papa courait à longues enjambées au côté de Bright, criant et le frappant avec le pique-bœuf.

Il essayait de détourner Bright de la berge du ruisseau, mais il n'y arrivait pas.

Les énormes bœufs continuaient à galoper, s'approchant de plus en plus de la berge escarpée et entraînant Papa avec eux. Le chariot, et avec lui Maman et Carrie, allaient dévaler la berge jusqu'au ruisseau!

Papa poussa un cri terrible, frappa la tête de
Bright de toutes ses forces. Bright fit un écart
tandis que Laura arrivait en hurlant et Jack en

grondant. Puis le chariot, avec Maman et Carrie dedans, passa comme une flèche. Bright alla échouer contre le mur de l'étable et soudain tout devint calme.

Papa courut après le chariot, suivi de Laura.

— Ho! Bright, Hola! Pete, dit Papa. Il se cramponna au chariot et regarda Maman.

— Tout va bien, nous n'avons pas de mal, Charles, dit Maman.

Mais son visage était blême et elle tremblait de tous ses membres.

Pete essaya de passer par l'encadrement de la porte et de rentrer dans l'étable, mais il était attaché à Bright qui lui-même était coincé contre le mur. Papa souleva Maman et Carrie hors du chariot et Maman dit :

— Ne pleure pas, Carrie, regarde, tout va bien.

La robe rose de Carrie était déchirée sur le devant. Elle pleurnichait dans le cou de Maman et essaya de s'arrêter de pleurer quand Maman le lui demanda.

— Oh, Caroline, j'ai cru que vous alliez passer par-dessus la berge, dit Papa.

— Je l'ai cru moi aussi un instant, mais j'aurais dû savoir qu'avec toi une telle chose ne pouvait pas arriver.

— N'y pensons plus, soupira Papa. Ah, ce brave vieux Pete, il ne s'est pas emballé, lui! Il ne faisait que suivre Bright. Il a vu l'étable et il voulait son dîner.

Mais Laura savait que Maman et Carrie seraient tombées dans le ruisseau avec le chariot, si Papa n'avait pas couru si vite et frappé Bright si fort. Elle se blottit contre les jupes de Maman et la serra très fort dans ses bras en disant :

— Oh, Maman, oh, Maman...

Marie fit de même.

— Allons, allons, dit Maman, tout est bien qui finit bien. Maintenant, les filles, aidez-moi à porter les paquets pendant que Papa s'occupe des bœufs.

Elles portèrent tous les petits paquets dans la maison, allèrent à la rencontre du troupeau au rocher gris et mirent Spot à l'étable. Laura aida Papa à traire Spot, tandis que Marie aidait Maman à préparer le dîner.

Pendant le dîner, elles racontèrent comment le bétail avait saccagé les meules de foin et comment elles avaient fait pour le chasser. Papa leur dit qu'elles avaient fait pour le mieux.

— Nous savions que nous pouvions compter sur vous, n'est-ce pas Caroline ? ajouta Papa.

Elles avaient complètement oublié que Papa leur ramenait toujours un petit cadeau de la ville, jusqu'au moment où, le dîner fini, il recula son banc, semblant attendre quelque chose.

Alors Laura courut s'asseoir sur un de ses

genoux et Marie sur l'autre. Laura demanda en sautillant :

— Qu'est-ce que tu nous as rapporté? C'est quoi? Dis-nous, dis-nous vite!

— Devinez!

Elles ne pouvaient pas deviner. Mais Laura sentit quelque chose se froisser dans la poche de sa vareuse et se précipita dessus. Elle en sortit un petit sac en papier à fines rayures rouges et vertes contenant deux bâtons de sucre d'orge : un pour Marie et l'autre pour Laura.

Ils avaient la couleur du sucre d'érable et l'un de leurs cotés était plat.

Marie lécha le sien, mais Laura préféra croquer dedans : l'intérieur dur et marron foncé avait un délicieux goût musqué. Papa leur expliqua qu'ils étaient parfumés au marrube.

Après avoir lavé la vaisselle, Laura et Marie prirent chacune leur sucre d'orge et s'assirent sur les genoux de Papa, devant la porte, dans le frais crépuscule. Maman était assise à l'intérieur de la maison, tout près de la porte, fredonnant une berceuse pour Carrie qu'elle tenait dans ses bras.

Le ruisseau chantonnait sous les saules jaunissants. Une à une les merveilleuses étoiles apparaissaient et semblaient trembler dans la légère brise.

Laura était bien au chaud dans les bras de Papa. Sa barbe caressait doucement sa joue et le délicieux sucre d'orge fondait dans sa bouche. Au bout d'un instant, elle dit :

— Papa !

— Quoi, ma petite chopine ? demanda la voix de Papa contre ses cheveux.

— Je crois que je préfère les loups aux bêtes à cornes du troupeau.

— Mais le bétail est plus utile, Laura, répondit Papa.

Laura y songea un instant, puis elle ajouta :

— De toute façon, je préfère les loups.

Ce n'était pas pour contredire Papa ; elle disait seulement ce qu'elle pensait.

— Mais tu sais, Laura, nous aurons bientôt un bel attelage de chevaux !

Laura savait quand ce serait : il fallait attendre la prochaine moisson.

CHAPITRE 12

LES CHEVAUX
DE NOËL

Le temps de sauterelle était vraiment un temps étrange : le jour de la fête de Thanksgiving [1], il n'avait toujours pas neigé.

La porte de la maison était grande ouverte tandis que la famille prenait le repas de Thanksgiving : Laura apercevait, au-delà des sommets dénudés des saules, bien loin dans la prairie, l'endroit où le soleil disparaîtrait. Pas le moindre flocon de neige ne tournoyait dans l'air. La prairie s'étendait semblable à une douce

1. N.d.t. : jour d'actions de grâce célébré le 4e jeudi de novembre et commémorant le premier anniversaire de l'arrivée des Pèlerins en Nouvelle-Angleterre (1620).

fourrure jaune et la ligne autrefois distincte où le ciel et la terre se rejoignaient, s'estompait maintenant dans le lointain.

« Temps de sauterelle » pensa Laura : alors les longues ailes repliées des sauterelles, leurs longues pattes articulées lui revinrent à la mémoire. Elle pensa aussi aux têtes rugueuses rehaussées de chaque côté de deux grands yeux, aux minuscules mâchoires toujours en mouvement et aux brins d'herbes qu'on glisse gentiment dedans et qui disparaissent en un éclair tant les sauterelles grignotent rapidement, engloutissant tout le brin.

Le repas de Thanksgiving fut délicieux. Papa avait tué une oie sauvage pour cette occasion. Maman avait fait cuire l'oie en ragoût, car il n'y avait pas de cheminée, ni de four dans le petit fourneau. Mais elle fit des boulettes de pâte qu'elle servit avec la sauce. Des galettes de maïs, de la purée de pomme de terre, du beurre, du lait et des pruneaux agrémentaient le repas. Trois grains de maïs grillés étaient posés à côté de chaque assiette.

Au premier repas de Thanksgiving, les pauvres Pèlerins n'avaient rien à manger à l'exception de trois grains de maïs grillés. Alors les Indiens arrivèrent et leur apportèrent des dindes et les Pèlerins leur en furent très reconnaissants.

Maintenant, après avoir mangé leur copieux et savoureux repas de Thanksgiving, Laura et Marie pouvaient manger leurs grains de maïs en souvenir des Pèlerins. Le maïs grillé était délicieux : il craquait sous la dent et avait un goût sucré.

Une fois Thanksgiving passé, il était temps de penser à Noël. Ni la neige, ni la pluie n'étaient encore tombées et des vents froids soufflaient entre la prairie triste et le ciel gris, mais passaient au-dessus du toit de la maison.

— Cette maison souterraine est chaude et douillette, dit Maman, mais je m'y sens comme un animal en hibernation.

— Ne t'en fais pas, Caroline! dit Papa, l'an prochain nous aurons une belle maison...

Ses yeux brillaient, sa voix chantonnait et il continua :

— ... de bons chevaux aussi et un boghei par surcroît! Vous vous habillerez de soie et je vous emmenerai en promenade. Songe, Caroline, à cette terre plate et fertile, sans pierre ni souche pour entraver nos efforts et aux cinq kilomètres seulement qui nous séparent d'une voie de chemin de fer. Nous pourrons vendre chaque grain de blé que nous récolterons.

Il passa sa main dans ses cheveux et ajouta :

— Je souhaiterais vraiment avoir un attelage de deux chevaux.

— Charles, dit Maman, réjouissons-nous d'être en bonne santé, en sécurité, bien au chaud et avec assez de nourriture pour tout l'hiver et ne pensons pas à ce que nous n'avons pas.

— Je me réjouis, dit Papa, mais Pete et Bright sont trop lents pour herser et moissonner. J'ai labouré ce grand champ avec eux, mais, sans chevaux, je ne pourrai pas faire tout le travail qui reste.

Alors Laura put parler, sans avoir à couper la parole et dit :

— Mais... il n'y a pas de cheminée !

— De quoi parles-tu ? lui demanda Maman.

— Je pense au Père Noël.

— Mange ton dîner, Laura, et ne fais pas avancer le temps trop vite : ce n'est pas encore Noël.

Laura et Marie savaient que le Père Noël ne pouvait pas passer par la cheminée quand il n'y en avait pas. Un jour, Marie demanda à Maman comment le Père Noël pourrait venir. Maman ne répondit pas. A la place, elle demanda :

— Que voulez-vous, les filles, pour Noël ?

Elle était en train de repasser. Une extrémité de la planche était posée sur la table et l'autre sur le cadre du lit que Papa avait fait à dessein à la bonne hauteur. Carrie jouait sur le lit et Laura et Marie étaient assises à la table. Marie était en train d'assembler les morceaux d'une

courtepointe en patchwork et Laura confection-
nait un petit tablier pour Charlotte, sa poupée
de chiffon. Le vent hurlait au-dessus de leur tête
et gémissait dans le conduit du fourneau, mais il
n'y avait toujours pas de neige.

— Je voudrais du sucre candi, dit Laura.

— Moi aussi, dit Marie.

— Tandi? interrogea Carrie.

— Et une robe d'hiver toute neuve, ainsi
qu'un manteau et un capuchon, continua Marie.

— Pour moi aussi! poursuivit Laura, sans
oublier une robe pour Charlotte, et...

Maman retira le fer du fourneau et le leur
présenta : elles pouvaient voir si le fer était
chaud. Elles se léchèrent les doigts et donnèrent
un très rapide coup sec du bout de leurs doigts
mouillés sur le dessous lisse et doux du fer.

Maman les remercia et commença à repasser
soigneusement les pièces cousues sur la chemise
de Papa.

— Savez-vous ce que Papa souhaite pour
Noël? demanda Maman.

Elles ne le savaient pas.

— Des chevaux, leur confia Maman. Est-ce
que vous aimeriez avoir des chevaux?

Laura et Marie se regardèrent en silence.

— Je pensais seulement, continua Maman,
que si nous souhaitions tous des chevaux et rien
que des chevaux, alors peut-être...

Laura ne comprenait pas très bien. Des chevaux? Ce n'était pas un cadeau de Noël. C'était quelque chose pour tous les jours. D'ailleurs Papa devrait les acheter. Laura ne voyait pas le rapport entre les chevaux et le Père Noël.

— Maman, s'écria Laura, le Père Noël existe, n'est-ce pas?

— Bien sûr que le Père Noël existe, dit Maman.

Elle reposa le fer sur le fourneau pour le réchauffer et expliqua :

— Plus on grandit et plus on sait de choses sur le Père Noël. Vous êtes suffisamment grandes maintenant pour savoir qu'il ne peut être une seule personne. Vous savez qu'il doit être partout le soir de Noël. Il est dans les Grands Bois, dans le Territoire indien, dans l'État de New York et ici, dans le Minnesota. Il descend dans toutes les cheminées en même temps, vous savez cela, n'est-ce pas?

— Oui, Maman, dirent Marie et Laura.

— Bien, dit Maman, alors vous comprenez que...

— Je suppose qu'il est comme les anges, dit lentement Marie.

Laura l'imaginait aussi comme cela.

Maman ajouta que le Père Noël est toujours et partout et que chaque fois que quelqu'un était généreux, c'était le Père Noël.

Le soir de Noël était un grand moment de générosité. Cette nuit-là, le Père Noël était partout parce que tout le monde, dans un même élan, avait cessé d'être égoïste et souhaitait le bonheur de tous. Au matin, on découvrait les fruits de cette générosité.

— Si tout le monde souhaitait toujours le bonheur de tous, alors ce serait Noël tous les jours? demanda Laura.

— Oui, Laura, lui répondit Maman.

Laura et Marie méditèrent sur ce que Maman venait de dire. Elles réfléchissaient et se regardaient; elles avaient compris ce que Maman attendait d'elles. Elle voulait que ses filles ne souhaitassent rien d'autre que des chevaux pour Papa. Elles se regardèrent à nouveau, puis détournèrent les yeux et ne dirent mot. Même Marie qui était toujours si gentille ne dit rien.

Ce soir-là, après le dîner, Papa attira Laura et Marie dans ses bras. Laura se blottit contre lui et leva les yeux vers son visage en disant :

— Papa!

— Qu'est-ce qu'il y a, ma petite pinte de cidre doux?

— Papa, je voudrais que le Père Noël apporte...

— Quoi?

— Des chevaux, si tu me laisses les monter quelquefois.

— Moi aussi, dit Marie.

Mais Laura l'avait dit la première et les yeux pétillants de Papa reflétaient la surprise et la joie.

— Vous souhaitez vraiment des chevaux, les filles ? demanda-t-il.

— Oh, oui, Papa ! répondirent-elles en chœur.

— Dans ce cas, dit Papa en souriant, j'ai idée que le Père Noël nous amènera un bel attelage de deux chevaux.

La question était réglée. Il n'y aurait pas de vrai Noël, seulement des chevaux. Laura et Marie se déshabillèrent lentement et boutonnèrent tout aussi lentement leur chemise de nuit. Elles s'agenouillèrent ensemble et dirent :

> *Maintenant je vais m'étendre pour dormir,*
> *Je prie le Seigneur de garder mon âme.*
> *Et si cette nuit je dois mourir*
> *Je prie le Seigneur de prendre mon âme...*
> *Seigneur, je vous prie de bénir Papa, Maman*
> *   et Carrie,*
> *Et faites que je sois toujours une gentille*
> *   petite fille.*
> *Amen.*

Et Laura ajouta rapidement pour elle-même : « Et faites que je me réjouisse qu'il n'y ait pas d'autre cadeau que des chevaux pour Noël. »

Laura grimpa sur son lit et presque aussitôt se sentit rassérénée. Elle pensa à la robe luisante et scintillante des chevaux, à leur crinière volant au vent, à leur allure souple et légère, à leurs naseaux de velours et à leur regard doux et brillant... et Papa les laisserait monter dessus.

Papa avait accordé son violon et maintenant il le posait contre son épaule. Le vent solitaire gémissait dans la nuit froide, mais ne pénétrait pas dans la maison souterraine, chaude et douillette.

Des lueurs passaient au travers des fentes du fourneau et brillaient par intermittence sur les aiguilles à tricoter en acier de Maman, essayant d'attraper le coude de Papa. L'archet dansait dans les ombres, Papa battait le rythme du pied et la joyeuse musique étouffait le gémissement solitaire du vent.

CHAPITRE 13

UN JOYEUX NOËL

Le lendemain matin, il neigeait. De durs flocons de neige bondissaient et tourbillonnaient dans le vent qui poursuivait sa plainte.

Laura ne pouvait pas aller jouer dehors. Spot, Pete et Bright restèrent toute la journée à l'étable, mangeant du foin et de la paille. Dans la maison souterraine, Papa rapiéçait ses bottes tandis que Maman lui faisait la lecture de *Millbank*. Marie cousait et Laura jouait avec Charlotte qu'elle voulait bien parfois prêter à Carrie; mais elle ne voulait pas lui prêter ses poupées en papier car Carrie était trop petite et aurait pu les lui déchirer.

Cet après-midi-là, pendant que Carrie faisait la sieste, Maman fit signe à Laura et Marie de venir près d'elle. Son regard brillant présageait un secret. Marie et Laura approchèrent leur visage tout près du sien et Maman leur annonça qu'elles pouvaient faire une guirlande de boutons pour le Noël de Carrie !

Laura et Marie montèrent sur leur lit, tournèrent le dos à Carrie et étalèrent leurs jupes. Maman leur amena sa boîte de boutons.

Celle-ci était presque pleine. Maman avait commencé à mettre de côté ces boutons avant même d'avoir l'âge de Laura et elle tenait de sa mère les boutons que celle-ci avait gardés depuis qu'elle était petite fille. Il y en avait des bleus, des rouges, des dorés, des argentés, des boutons en creux surmontés de minuscules châteaux, ponts ou arbres, des boutons en porcelaine peints, des boutons à rayures, des boutons qui ressemblaient à des mûres juteuses et même un bouton représentant une minuscule tête de chien. Laura poussa un cri de surprise quand elle le vit.

— Chut ! chuchota Maman, mais Carrie ne se réveilla pas.

Maman leur donnait tous ces boutons pour qu'elles en fassent une guirlande pour Carrie.

Après cela, Laura se moquait bien d'être obligée de rester à la maison. D'ailleurs, elle vit que dehors le vent charriait des rafales de neige à travers la terre nue et glacée. Le ruisseau était gelé et les saules agités par le vent faisaient entendre un sinistre grincement. Dans la maison, Laura partageait un secret avec Marie.

Elles jouèrent gentiment avec Carrie et lui donnèrent tout ce qu'elle voulait. Chaque fois qu'elles le pouvaient, elles la prenaient dans leurs bras et lui chantaient des berceuses pour qu'elle s'endorme. Alors, elles pouvaient retourner faire leur guirlande de boutons.

Chacune d'elles tenait un bout de la guirlande. Elles choisissaient des boutons qui leur plaisaient et les enfilaient sur un cordon. De temps en temps, elles levaient la guirlande pour voir l'allure qu'elle prenait, enlevaient quelques boutons et en mettaient d'autres à la place. Il leur arriva même d'enlever tous les boutons et de recommencer. Elles allaient confectionner la plus belle guirlande de boutons du monde!

Un jour Maman leur annonça qu'on était à la veille de Noël : elles devaient donc finir aujourd'hui leur guirlande.

Mais, ce jour-là, elles ne parvinrent pas à endormir Carrie. Elle courait, criait, grimpait sur les bancs, sautait, chantait et ne semblait pas du tout avoir envie de dormir. Marie lui dit de se tenir tranquille comme une petite dame, mais Carrie ne voulut rien entendre. Laura lui prêta

Charlotte qu'elle secoua dans tous les sens avant de l'envoyer voler contre le mur.

Finalement, Maman la prit dans ses bras et la berça. Laura et Marie ne bougeaient plus. Maman chanta de plus en plus doucement et les yeux de Carrie clignèrent avant de se fermer. Quand Maman arrêta de chanter, Carrie ouvrit grand les yeux et cria :

— Encore, Maman ! Encore !

Mais finalement, elle s'endormit. Alors, vite, vite, Laura et Marie achevèrent la guirlande. Maman attacha pour elles les extrémités. C'était fini : elles ne pouvaient plus changer un seul bouton. C'était une très jolie guirlande.

Ce soir-là, après le dîner, quand Carrie fut profondément endormie, Maman accrocha sa petite paire de bas toute propre au bord de la table. Laura et Marie, en chemise de nuit, glissèrent la guirlande dans un des bas.

Puis ce fut tout. Marie et Laura allaient se mettre au lit, quand Papa leur demanda :

— Alors, les filles, vous n'accrochez pas vos bas ?

— Mais je pensais que... commença Laura, je pensais que le Père Noël allait nous apporter des chevaux.

— C'est possible, répondit Papa, mais les petites filles accrochent toujours leurs bas le soir de Noël, n'est-ce pas ?

Laura, pas plus que Marie, ne savait que penser. Maman sortit deux bas propres du coffre à habits et Papa l'aida à les accrocher à côté de ceux de Carrie. Laura et Marie dirent leur prière, se demandant ce qu'il allait se passer.

Au matin, Laura entendit le feu crépiter. Elle ouvrit un tout petit œil, vit la lampe allumée et un renflement dans son bas.

Elle cria de joie et bondit hors de son lit. Marie se précipita aussi hors du sien et Carrie se réveilla. Dans le bas de Laura et dans le bas de Marie, il y avait exactement le même petit paquet entouré de papier. Chaque paquet contenait des bâtons de sucre d'orge.

Laura avait six bâtons et Marie en avait six aussi. Elles n'avaient jamais vu de si jolies gourmandises : c'était trop beau pour être mangé ! Il y avait des bâtons torsadés, d'autres ronds avec de belles rayures, d'autres encore, plus courts, avec des fleurs colorées à chaque extrémité qui se prolongeaient tout le long du bâton.

Carrie ouvrit de grands yeux ronds lorsqu'elle découvrit quatre jolis bâtons de sucre d'orge dans l'un de ses bas et dans l'autre la guirlande de boutons. Puis elle poussa un grand cri de joie et s'empara de ces merveilleux cadeaux. Elle s'assit sur les genoux de Papa pour contempler ses sucres d'orge et sa guirlande, se trémoussant et riant de joie.

Ensuite Papa devait aller s'occuper des bêtes et il demanda :

— Pensez-vous qu'il y ait quelque chose pour nous dans l'étable?

— Habillez-vous vite, les filles, et alors vous pourrez aller à l'étable voir ce que Papa va y découvrir, dit Maman.

Comme on était en hiver, elles mirent des bas et des chaussures. Maman les aida à boutonner leurs chaussures et agrafa leurs châles sous leur menton. Elles sortirent en courant dans le froid.

Tout était gris à l'exception d'une traînée rougeoyante à l'est qui se reflétait sur les taches de neige d'un gris blanc. La neige accrochée aux herbes mortes des murs et du toit de l'étable se teintait de rouge.

Papa les attendait à la porte de l'étable. Il rit quand il les vit arriver et il se recula pour les laisser entrer.

Là, à la place de Pete et de Bright, se tenaient deux chevaux.

Ils étaient plus grands que Pet et Patty et leur douce robe baie brillait comme la soie. Leur crinière et leur queue étaient noires. Ils tournèrent leur doux regard et leurs naseaux de velours vers Laura et reniflèrent doucement sa main, soufflant une chaude haleine.

— Alors, petite puce, et toi, Marie, votre cadeau de Noël vous plaît-il?

— Oui, beaucoup, Papa, dit Marie.

— Oh, Papa! fut tout ce que Laura put répondre.

— Qui veut aller jusqu'au ruisseau sur les chevaux de Noël? demanda Papa, le visage radieux.

Laura trépignait d'impatience tandis que Papa hissait Marie et lui montrait comment se tenir à la crinière, lui recommandant de ne pas avoir peur. Ensuite, les bras forts de Papa la soulevèrent de terre et l'assirent sur le large dos du cheval. Elle sentit toute la vigueur de ce cheval qui la portait.

Le soleil brillait maintenant sur la neige et la terre glacée et tout alentour scintillait. Papa marchait en tête, conduisant les chevaux et portant sa hache pour briser la glace du ruisseau afin que les chevaux puissent boire. Les chevaux levaient la tête, respiraient à longs traits l'air froid qu'ils rejetaient bruyamment par les naseaux et pointaient leurs douces oreilles.

Laura se tenait à la crinière du cheval, talonnant doucement ses flancs et riant de plaisir. Papa, les chevaux, Marie et Laura, tout le monde était heureux en ce joyeux et froid matin de Noël.

CHAPITRE 14

LES CRUES
DE PRINTEMPS

Au beau milieu de la nuit, Laura se redressa dans son lit. On entendait un incroyable grondement de l'autre côté de la porte.

— Papa! Papa! Qu'est-ce que c'est? criait-elle.

— On dirait que c'est le ruisseau, dit-il en sautant de son lit.

Il ouvrit la porte et le grondement retentit dans la maison obscure et effraya Laura.

Elle entendit Papa crier : « Sapristi, il tombe des hallebardes! »

Maman dit quelque chose que Laura ne put entendre.

— Je n'y vois rien, cria Papa. Il fait noir comme dans un four! Ne t'inquiète pas, le ruisseau ne peut pas monter jusqu'ici. Il débordera de l'autre côté, sur la rive basse.

Il ferma la porte et le grondement s'atténua.

— Rendors-toi, maintenant Laura, dit-il.

Laura resta éveillée, écoutant ce grondement tempêtant derrière la porte.

Quand elle rouvrit les yeux, une lumière grise perçait par la fenêtre, Papa était sorti, Maman préparait le petit déjeuner, et le ruisseau grondait toujours.

En un éclair, Laura bondit de son lit et alla ouvrir la porte. Breuh! Une pluie glacée tomba sur elle et lui coupa le souffle. Mais elle sortit sous la pluie froide qui la transperça jusqu'aux os.

Juste à ses pieds, le ruisseau courait et grondait. Le sentier s'arrêtait à sa hauteur. Une eau furieuse bondissait et roulait sur les marches qui conduisaient au petit pont. Les bosquets de petits saules étaient noyés et seuls trois sommets émergeaient au milieu de l'eau écumante et jaune. Le bruit emplissait les oreilles de Laura. Elle ne pouvait même plus entendre la pluie, elle la sentait battre contre sa chemise trempée, elle la sentait cogner sur sa tête comme si elle n'avait plus eu de cheveux, mais elle n'entendait plus que le grondement sauvage du ruisseau.

Laura était fascinée par la puissance et la rapidité de l'eau. Celle-ci écumait à travers les sommets des saules et tourbillonnait au loin dans la prairie. En amont, là où le ruisseau s'incurvait, elle se précipitait, toute blanche d'écume.

Les remous se faisaient et se défaisaient, toujours plus puissants et terribles.

Soudain Maman empoigna Laura et la fit entrer dans la maison, lui demandant :

— Tu n'as pas entendu que je t'appelais?

— Non Maman.

— Ma foi, dit Maman, c'est bien possible.

Laura était toute dégoulinante d'eau et une flaque se forma autour de ses pieds nus. Maman lui enleva sa chemise de nuit trempée et la frotta énergiquement avec une serviette.

— Maintenant, habille-toi rapidement, sinon tu vas mourir de froid.

Mais Laura sentait une douce chaleur dans tout son corps. Elle ne s'était jamais sentie si bien et débordante d'énergie. Marie dit :

— Tu me surprends, Laura. Tu en as de drôles d'idées d'aller te faire tremper sous la pluie comme cela.

— Oh Marie! Tu devrais vraiment aller voir le ruisseau! s'écria Laura, et elle demanda :

— Maman, est-ce que je pourrais retourner le voir après le petit déjeuner?

— Certainement pas, dit Maman, pas tant qu'il pleut.

Mais tandis qu'ils mangeaient, la pluie s'arrêta. Le soleil brilla et Papa dit que Laura et Marie pouvaient sortir avec lui pour aller voir le ruisseau.

L'air frais, limpide et humide avait l'odeur du printemps. De gros nuages voguaient dans le ciel bleu. Toute la neige s'était fondue dans le sol détrempé. Du haut de la berge Laura entendait toujours le ruisseau gronder.

— Je ne comprends rien à ce temps! dit Papa. Je n'ai jamais rien vu de semblable.

— C'est toujours le temps de sauterelle? demanda Laura.

Mais Papa ne savait pas.

Ils suivirent la berge escarpée, contemplant d'étranges paysages. Le ruisseau grondant et écumant avait tout transformé. Les bosquets de pruniers n'étaient plus que des haillons couverts d'écume. La butte était une petite île ronde que l'eau contournait en décrivant une large boucle avant d'aller rejoindre l'impétueux ruisseau. A l'endroit du trou d'eau où elles s'étaient baignées, les grands saules étaient devenus de petits arbres émergeant d'un lac.

Plus loin, la terre que Papa avait labourée était noire et humide. Papa la regarda et dit :

— Bientôt, je vais pouvoir semer le blé.

CHAPITRE 15

LE PETIT PONT

Le lendemain Laura était certaine que Maman ne la laisserait pas jouer dans le ruisseau. Il grondait toujours, mais plus doucement. De la maison, Laura pouvait entendre son appel. Alors elle se glissa dehors sans rien dire à Maman.

Le niveau de l'eau avait maintenant baissé. L'eau ne couvrait plus les marches et Laura pouvait la voir écumer autour du petit pont. Une partie de la planche était au-dessus de l'eau.

Durant tout l'hiver, le ruisseau immobilisé sous les glaces s'était tu. Maintenant il courait à nouveau rapidement avec un bruit joyeux.

Quand il touchait le bord de la planche, il écumait en de joyeuses bulles blanches et semblait rire tout seul.

Laura enleva ses chaussures et ses bas et les mit en lieu sûr, sur la dernière marche. Ensuite elle s'avança sur la planche et resta à contempler l'eau bruyante.

Des gouttes éclaboussaient ses pieds nus et de fines petites vagues se formaient autour d'eux. Ensuite elle s'assit sur la planche et laissa tomber ses jambes dans l'eau. Elle sentait le puissant ruisseau couler entre ses jambes et elle s'amusait follement à donner des coups de pied dedans.

Maintenant elle était presque entièrement trempée mais son corps tout entier désirait le contact de l'eau. Elle se mit à plat ventre et enfonça ses bras de chaque côté de la planche, dans le courant rapide; cela n'était pas encore assez. Elle mourait d'envie de se plonger tout entière dans le ruisseau grondant et joyeux. Elle étreignit la planche entre ses bras et laissa le reste de son corps glisser dans l'eau.

A cet instant précis, elle comprit que le ruisseau ne jouait pas. Il était puissant et redoutable. Il saisit tout son corps et le poussa sous la planche. Seule sa tête émergeait de l'eau et l'un de ses bras agrippait désespérément l'étroite planche.

L'eau la poussait et la tirait en même temps. Elle essayait d'entraîner sa tête sous la planche. Son menton s'appuyait sur le rebord et son bras se cramponnait le plus fortement qu'il pouvait, tandis que l'eau attirait avec force tout le reste de son corps. Le ruisseau ne riait plus du tout.

Personne ne savait où elle était. Personne ne pouvait l'entendre si elle appelait au secours. Le vacarme de l'eau couvrait tout et le ruisseau l'entraînait de plus en plus. Laura se débattait avec ses jambes mais l'eau avait plus de force qu'elle.

Elle arriva à mettre ses deux bras autour de la planche et essaya de se hisser; mais l'eau la retint, tira sa nuque d'un coup sec comme si elle voulait la briser. L'eau était froide et le froid la pénétra.

Le ruisseau n'était pas un être vivant, il ne ressemblait ni aux loups ni au bétail. Il était seulement puissant et redoutable et ne s'arrêtait jamais. Il l'attirerait au fond, se refermerait sur elle en un tourbillon, la roulerait et la ballotterait sans lui prêter plus d'attention qu'à une branche de saule.

Ses jambes étaient fatiguées et ses bras ne sentaient presque plus rien.

— Il faut que j'arrive à me sortir de là! Il le faut! pensa-t-elle.

Le ruisseau grondait dans sa tête. Elle donna

des coups de pied désespérés, se hissa à l'aide de ses bras dans un dernier effort et se retrouva à nouveau étendue sur la planche. Elle respira profondément et fut heureuse de se retrouver sur quelque chose de solide.

Quand elle bougea, la tête lui tourna. Elle avança en rampant sur la planche, prit ses chaussures et ses bas et gravit lentement les marches boueuses. Elle s'arrêta devant la porte de la maison et se demanda ce qu'elle allait dire à Maman.

Au bout d'un moment elle ouvrit la porte et resta sur le seuil, dégoulinante d'eau. Maman était en train de coudre.

— Où étais-tu, Laura? demanda Maman, levant la tête.

Puis elle se précipita vers elle en disant :

— Mon Dieu! Vite, tourne-toi!

Elle commença à dégrafer la robe de Laura.

— Que s'est-il passé? Tu es tombée dans le ruisseau?

— Non, Maman, dit Laura. Je... Je suis allée dedans.

Maman écouta et continua à déshabiller Laura, frotta énergiquement tout son corps avec une serviette. Elle ne dit pas un mot, même quand Laura lui eut tout raconté. Laura claquait des dents et Maman l'enveloppa dans une couverture et la fit asseoir près du fourneau.

Maman finit par dire :

— Laura, tu as été très méchante, et je pense que tu dois le savoir. Mais je ne peux pas te punir ni même te réprimander. Tu as bien failli te noyer!

Laura resta sans mot dire.

— Tu n'iras plus près du ruisseau tant que Papa ou moi ne t'en donneront pas la permission et cela ne sera pas avant que le ruisseau ait baissé.

— Oui, M'man, balbutia Laura.

Le ruisseau baisserait un jour. Il redeviendrait à nouveau un endroit plaisant et tranquille où aller jouer. Mais personne ne pouvait l'y obliger. Laura savait maintenant qu'il y avait des choses qu'on ne pouvait pas dominer.

Mais le ruisseau ne l'avait pas vaincue. Il ne l'avait pas fait crier, il ne pouvait pas la faire pleurer.

CHAPITRE 16

LA MERVEILLEUSE
MAISON

Les eaux du ruisseau décrurent. Tout à coup la chaleur revint et, chaque jour, Papa partait travailler de bon matin sur le futur champ de blé avec Sam et David, les chevaux de Noël.

— Je t'assure, lui dit Maman, que tu te tues à travailler ainsi cette terre.

Mais Papa lui expliqua que la terre était sèche parce qu'il n'avait pas suffisamment neigé. Il devait donc labourer profondément, herser soigneusement et semer rapidement le blé. Chaque jour, il était au champ avant le lever du soleil et travaillait jusqu'à la nuit tombante. Laura attendait dans l'obscurité et quand elle entendait le bruit des éclaboussures que produisaient Sam et David en passant le gué, alors elle se précipitait à l'intérieur de la maison pour prendre la lanterne et courait vers l'étable afin d'éclairer Papa qui devait s'occuper des bêtes.

Il était trop fatigué pour rire ou parler. Il avalait son dîner et allait se coucher.

Finalement le blé fut semé. Ensuite, Papa sema de l'avoine et prépara le plant de pomme de terre et le jardin potager. Maman, Laura et Marie l'aidèrent à planter les pommes de terre et à éparpiller des petites graines dans les rangées du potager. Ils laissèrent croire à Carrie qu'elle aidait aussi.

Maintenant, à perte de vue, on ne voyait que le vert brillant de la prairie. Les saules d'un jaune vert avaient déroulé leurs feuilles. Les violettes et les boutons d'or s'entassaient dans les creux de la prairie et les feuilles d'oseille et les fleurs de lavande avaient un délicieux goût amer. Seul le champ de blé restait brun et dénudé.

Un soir, Papa montra à Laura un léger voile vert sur cette terre brune. Le blé levait! Chaque petite pousse était si fine qu'on la voyait à peine, mais, toutes ensemble, elles formaient ce flou tapis vert. La bonne nouvelle mit tout le monde en joie ce soir-là.

Le jour suivant, Papa alla à la ville. Sam et

David pouvaient faire l'aller et retour dans l'après-midi. Laura et Marie n'eurent presque pas le temps de s'ennuyer de Papa et, quand il rentra, elles n'étaient pas là à guetter son arrivée. Laura fut la première à entendre le chariot et à grimper le long du sentier.

Le visage rayonnant de joie, Papa était assis sur le siège du chariot devant une haute pile de planches de bois. Il dit en chantant :

— Voici ta nouvelle maison, Caroline!

— Mais, Charles! dit Maman, presque sans voix.

Laura monta en toute hâte le long de la roue du chariot et se jucha sur la pile de bois. Elle n'avait jamais vu de planches si belles, si lisses et si rectilignes. Elles avaient été sciées avec une machine.

— Mais le blé vient tout juste de lever, dit Maman.

— Il n'y a aucun problème, répondit Papa. Ils m'ont laissé prendre le bois et je le paierai quand j'aurai vendu le blé.

— Allons-nous avoir une maison en planches? lui demanda Laura.

— Oui, petite puce, dit Papa. Nous allons avoir une maison entièrement en planches. Il y aura même des vitres aux fenêtres.

Tout ceci était parfaitement vrai. Le lendemain matin, M. Nelson vint aider Papa et ils commencèrent à creuser les fondations. Ils allaient avoir une merveilleuse maison et cela seulement parce que le blé était en train de pousser.

Laura et Marie pouvaient à peine rester à l'intérieur de la maison le temps de terminer leur travail. Mais Maman les obligea à le faire.

— Et je ne veux pas que vous bâcliez votre travail, dit Maman.

Alors elles lavèrent toute la vaisselle du petit déjeuner et la rangèrent, remirent soigneusement les lits en ordre, balayèrent le sol avec le balai de brindilles de saule, puis remirent ce dernier en place. Après cela, elles purent sortir.

Elles descendirent les marches et traversèrent le pont en courant, passèrent sous les saules et arrivèrent sur la prairie. Elles marchèrent à travers les herbes et montèrent en haut d'un talus verdoyant, où Papa et M. Nelson étaient en train de construire la nouvelle maison.

C'était amusant de les voir édifier la charpente de la maison. Les poutres se dressaient, minces et dorées et, à travers elles, on apercevait le ciel d'un bleu intense. Les marteaux émettaient un son joyeux. Les rabots faisaient voler de longs copeaux bouclés sur les planches odorantes.

Laura et Marie accrochèrent les petits copeaux au-dessus de leurs oreilles pour s'en faire des boucles d'oreille. Elles en mirent autour de leur cou pour se faire des colliers. Laura en fixa dans ses cheveux et ils pendaient en longues boucles blondes, comme elle avait toujours désiré en avoir.

Papa et M. Nelson sciaient et donnaient des coups de marteau sur la charpente du toit. Laura et Marie mettaient en pile les petits morceaux de bois tombés à terre afin de se construire leur propre petite maison. Elles ne s'étaient jamais tant amusées.

Papa et M. Nelson recouvrirent la charpente de murs en clouant dessus des planches qui se chevauchaient. Ils couvrirent le toit avec des bardeaux que Papa avait achetés. Ces bardeaux étaient minces et avaient tous la même taille; ils étaient bien plus fins que ceux que Papa aurait pu tailler avec une hache. Ils édifièrent un toit sans fissure ni aspérité, parfaitement imperméable.

Ensuite Papa fit le plancher avec des planches presque aussi douces que la soie, à rainures et languettes qui s'adaptaient parfaitement ensemble. En haut, il disposa une autre série de ces planches qui composèrent le plancher de la pièce du haut et le plafond du rez-de-chaussée.

En travers de la pièce du bas, Papa mit une cloison. Cette maison allait avoir deux pièces! Il y aurait une chambre et une salle de séjour. Il mit deux fenêtres aux vitres claires et brillantes dans cette pièce; l'une orientée vers le soleil levant, et l'autre, à côté de la porte, face au sud. Dans les murs de la chambre, il installa deux autres fenêtres qui, elles aussi, avaient des vitres.

Laura n'avait jamais vu de si belles fenêtres. Elles comprenaient deux panneaux et chaque panneau comprenait six carreaux. Le panneau du bas coulissait vers le haut et pouvait rester dans cette position quand on le coinçait avec une baguette.

Faisant face à la porte d'entrée, Papa installa une porte de dégagement et à l'extérieur, il construisit une minuscule pièce : c'était un appentis qui s'adossait à la maison. Il abriterait des vents du nord pendant l'hiver et Maman pourrait y ranger les balais et le baquet.

Maintenant, M. Nelson était parti et Laura n'arrêtait pas de poser des questions. Papa expliqua que la chambre était destinée à Maman, Carrie et lui. Il dit que le grenier serait le domaine de Laura et Marie : là elles pourraient dormir et jouer. Laura mourait tant d'envie de le voir qu'il arrêta de travailler à l'appentis et cloua des bouts de planche pour faire une échelle montant au grenier. Laura monta gaiement cette échelle jusqu'à ce que sa tête passât au travers de l'ouverture pratiquée dans le plancher du grenier. Le grenier était aussi grand que les deux pièces du bas réunies. De douces planches servaient de plancher. La toiture en pente garnie de bardeaux neufs constituait le plafond. Il y avait une petite fenêtre à chaque extrémité du grenier et ces fenêtres étaient garnies de vitres!

Au début, Marie avait peur de lâcher l'échelle pour aller sur le plancher du grenier et vice-versa. Laura aussi avait quelque crainte mais ne voulait pas le montrer. Finalement, elles s'y habituèrent très vite.

Elles pensaient que la maison était maintenant finie. Mais Papa cloua du papier goudronné à l'extérieur de tous les murs de la maison et il cloua une nouvelle série de planches par-dessus ce papier. C'étaient de longues planches unies se chevauchant les unes les autres sur tous les côtés de la maison. Puis il fit des cadres qu'il adapta autour des fenêtres et des portes.

— Cette maison est aussi étanche que la peau d'un tambour! dit-il.

Il n'y avait pas une seule fissure dans le toit, les murs ou le plancher de cette maison, par où la pluie ou le froid pourraient s'infiltrer.

Puis Papa fixa les portes qu'il avait achetées elles aussi. Elles étaient lisses et beaucoup mieux ajustées que les portes taillées à la hache; des panneaux plus minces encore s'encastraient dans les moitiés inférieure et supérieure. Les gonds venaient aussi de la ville et c'était merveilleux de voir les portes pivoter autour d'eux. Ils ne faisaient pas un bruit de crécelle comme les gonds de bois ni ne laissaient la porte mal fermée comme les gonds de cuir.

A l'intérieur de ces portes, Papa fixa des serrures dans lesquelles des clés s'adaptaient parfaitement et se fermaient avec un petit clic. Ces serrures avaient des poignées de porte en porcelaine.

Un beau jour, Papa dit :

— Laura et Marie, pouvez-vous garder un secret?

— Oh oui, Papa! dirent-elles.

— Vous me promettez que vous ne le direz pas à Maman? demanda-t-il.

Et elles promirent.

Il ouvrit la porte de l'appentis dans lequel se trouvait un fourneau d'un noir brillant. Papa l'avait apporté de la ville et caché là pour faire une surprise à Maman. Sur le dessus, ce fourneau avait quatre trous ronds dans lesquels s'encastraient quatre couvercles. Chaque couvercle était percé d'un petit trou où s'adaptait une poignée en fer qui permettait de soulever le couvercle. Sur le devant, il y avait une porte toute en longueur et ajourée. Les fentes de cette porte pouvaient être ouvertes ou fermées à l'aide d'une plaque de fer coulissante que l'on manœuvrait avec un loquet. C'était pour régler le tirage. En dessous, un récipient allongé faisant saillie, était destiné à recevoir les cendres et à les empêcher de tomber par terre. Un couvercle était posé dessus, sur lequel étaient gravées des lettres en relief.

Marie mit son doigt sur celles-ci et épela :

— P A T, un, sept, sept, zéro.

— Elle demanda :

— Comment cela se lit-il ?

Papa dit :

— Pat.

Sur l'autre côté de la cuisinière, il y avait une grande porte que Laura ouvrit. Elle découvrit une grande cavité carrée, avec une plaque au milieu.

— Oh, Papa ! A quoi cela sert-il ? demanda-t-elle.

— C'est le four, lui expliqua Papa.

Il souleva la merveilleuse cuisinière et l'installa dans la pièce de séjour, et mit en place le tuyau qui traversait le plafond, le grenier puis une ouverture pratiquée à cet usage dans le toit. Puis Papa grimpa sur le toit et adapta à ce tuyau un autre plus large qu'il coiffa d'un petit capuchon, couvrant l'ouverture pratiquée dans le toit. Pas une goutte de pluie ne pouvait s'écouler dans le tuyau et tomber dans la nouvelle maison.

— Voilà, c'est fini! dit Papa. Il ne manque même pas la cheminée.

Qu'est-ce qu'une maison pouvait avoir de plus? Les vitres des fenêtres rendaient la maison si claire qu'on aurait pu oublier qu'on était à l'intérieur d'une maison. Les planches neuves des murs et du plancher sentaient bon le propre et le pin. La cuisinière trônait dignement dans le coin à côté de la porte de l'appentis. A peine avait-on touché les poignées de porte en porcelaine que les portes tournaient sur leurs gonds, que les petites langues en fer des serrures faisaient un léger bruit sec et maintenaient les portes fermées.

— Nous emménagerons demain, dit Papa. Cette nuit sera la dernière nuit où nous dormirons dans la maison souterraine.

Laura et Marie prirent Papa par la main et tous les trois descendirent le talus. Le champ de blé, d'un vert soyeux et chatoyant, aux côtés rectilignes et aux angles droits, se découpait sur les herbes sauvages de la prairie qu'il faisait paraître plus grossières et d'un vert plus sombre.

Laura se retourna pour jeter un regard sur la merveilleuse maison. Sur le talus, éclairés par le soleil, son toit et ses murs de planches apparaissaient aussi dorés que la meule de paille.

CHAPITRE 17

L'EMMÉNAGEMENT

Par un beau matin ensoleillé, Marie et Laura aidèrent Papa à transporter tout ce qui se trouvait dans la maison souterraine sur la berge puis à le charger dans le chariot. Laura osait à peine regarder Papa ; ils mouraient d'impatience que Maman découvrît la surprise. Le secret leur brûlait la langue.

Maman ne soupçonnait rien. Elle sortit les cendres chaudes du vieux petit fourneau pour que Papa pût le porter. Elle demanda à Papa :

— As-tu pensé à ramener de quoi rallonger le tuyau du fourneau ?

— Oui, Caroline, dit Papa.

125

Laura ne rit pas, mais elle s'étrangla.

— Mon Dieu, Laura, dit Maman, as-tu un chat dans la gorge?

Sam et David tirèrent le chariot, traversèrent le gué puis remontèrent dans la prairie vers la nouvelle maison. Maman, Marie et Laura, les bras chargés de mille choses, avec Carrie trottinant en tête, passèrent sur le petit pont et montèrent le sentier herbeux. La maison de planches avec son toit de bardeaux achetés en ville resplendissait sur le talus. Papa sauta en bas du chariot et attendit Maman pour entrer avec elle dans la maison et jouir avec elle de sa surprise à la vue du fourneau.

Elle entra dans la maison puis s'arrêta tout net. Sa bouche s'ouvrit et se referma. Puis elle dit d'une voix faible :

— Mon Dieu!

Laura et Marie battaient des mains et dansaient, et Carrie les imitait sans savoir très bien pourquoi.

— C'est pour toi, Maman! C'est ta nouvelle cuisinière! crièrent-elles. Elle possède un four et quatre couvercles et même une petite poignée!

Marie dit :

— Il y a des lettres dessus et je peux les lire! P A T, pat!

— Oh, Charles, tu n'aurais pas dû! dit Maman.

Papa la prit dans ses bras, avec tendresse.

— Ne te fais pas de souci, Caroline, lui dit-il.

— Je ne me suis jamais inquiétée, Charles, dit Maman. Mais construire une si belle maison avec des fenêtres en vitres, et acheter une cuisinière, c'est trop!

— Rien n'est trop beau pour toi et ne t'inquiète pas au sujet des dépenses. Regarde seulement par la fenêtre le champ de blé!

Mais Laura et Marie l'attirèrent vers la cuisinière. Maman souleva les couvercles comme le lui montrait Laura, elle regarda Marie faire fonctionner le tirage, elle regarda le four.

— Ciel! dit-elle. Je ne sais pas si je vais oser préparer le dîner sur une cuisinière si imposante et si belle!

Mais elle prépara le dîner sur la belle cuisinière et Marie et Laura mirent le couvert dans la pièce claire et spacieuse. L'air et la lumière pénétraient par toutes les fenêtres ouvertes et le soleil filtrait à travers la porte.

C'était tellement agréable de manger dans cette grande maison, claire et aérée, qu'après le déjeuner ils restèrent assis à table, savourant le plaisir d'être là.

— Maintenant nous habitons une maison digne de ce nom, dit Papa.

Ensuite ils posèrent les rideaux. Des fenêtres avec des vitres se devaient d'avoir des rideaux et

Maman les avait coupés dans de vieux draps et les avait soigneusement amidonnés et blanchis, puis bordés d'étroites bandes de joli calicot. Les rideaux de la grande pièce avaient une bordure rose taillée dans la petite robe de Carrie qui avait été déchirée quand les bœufs s'étaient emballés. Les rideaux de la chambre avait un galon bleu taillé dans la vieille robe bleue de Marie. C'était le calicot rose et le calicot bleu que Papa avait ramenés de la ville, il y a longtemps, dans les Grands Bois.

Pendant que Papa était en train d'enfoncer des clous pour fixer les tringles des rideaux, Maman amena deux longues bandes de papier d'emballage qu'elle avait mis de côté. Elle les plia et montra à Marie et Laura comment découper avec des ciseaux dans le papier plié de tous petits morceaux. Quand elles déplièrent leur papier, il y avait une rangée d'étoiles.

Maman étala le papier sur les étagères situées derrière la cuisinière. Les étoiles étaient suspendues au bord de l'étagère et la lumière filtrait à travers elles.

Quand les rideaux furent posés, Maman accrocha deux draps blancs comme neige à travers un coin de la chambre. Ce serait là un joli endroit pour pendre leurs vêtements. Dans le grenier, Maman installa un autre drap pour que les filles puissent faire de même.

Quand Maman eut fini ses travaux, la maison était splendide. Les rideaux d'un blanc immaculé étaient joliment drapés de chaque côté des fenêtres et laissaient filtrer les rayons du soleil. Tout dans la maison était propre et sentait bon le pin : les murs de planches, la charpente et l'échelle montant au grenier. Dans le coin où se trouvaient la cuisinière et son tuyau d'un noir brillant, il y avait les étagères étoilées.

Maman étala la nappe à carreaux rouges sur la table et posa dessus la lampe étincelante de propreté, ainsi que la Bible recouverte de papier, *Les Merveilles du monde animal* et un roman intitulé *Millbank*. Les deux bancs étaient soigneusement rangés de chaque côté de la table.

Pour finir, Papa fixa la console sur le mur à côté de la fenêtre de devant et Maman posa dessus la petite bergère en porcelaine.

C'était la console de bois brun sur laquelle Papa avait sculpté il y a longtemps des étoiles, des grappes de raisin et des fleurs, pour le Noël de Maman. C'était la même petite bergère tout en porcelaine, au visage souriant, aux cheveux blonds, aux yeux bleus et aux joues rouges, au corsage garni de rubans dorés, avec son petit tablier et ses petites chaussures. Elle avait fait tout le voyage des Grands Bois jusqu'au Territoire indien, et tout le voyage jusqu'au ruisseau Plum dans le Minnesota, et elle se trouvait là maintenant, toujours souriante. Elle ne s'était pas cassée. Elle n'avait pas été ébréchée ni même éraflée. C'était la même petite bergère, arborant le même sourire.

Cette nuit-là, Marie et Laura montèrent à l'échelle et allèrent se coucher toutes seules dans leur grenier spacieux, qui était maintenant leur domaine. Elles n'avaient pas de rideau parce qu'il ne restait plus à Maman de vieux draps. Mais elles avaient chacune une caisse où s'asseoir et une caisse pour ranger leurs trésors. Laura avait rangé Charlotte et les poupées de papier dans la sienne et Marie des bouts de rubans et des morceaux de tissus pour faire des courtepointes en patchwork. Derrière le rideau, il y avait un clou pour chacune, où elles pouvaient pendre leurs chemises de nuit et leurs habits. Le seul inconvénient de ce grenier, c'était que Jack ne pouvait pas monter à l'échelle.

Laura s'endormit tout de suite. Pendant toute la journée, elle avait parcouru la maison en tous sens, monté et descendu l'échelle maintes fois. Mais elle ne dormit pas longtemps. La nouvelle maison était si calme! Le murmure de la rivière qui chantonnait dans son sommeil lui manquait. La tranquillité la tenait éveillée.

Toutefois un bruit finit par la réveiller tout à fait. Elle prêta l'oreille. Elle avait l'impression que des tas de petits pieds couraient au-dessus de sa tête, que des milliers de petits animaux galopaient gaiement sur le toit. Qu'est-ce que cela pouvait bien être?

Eh bien, c'étaient des gouttes de pluie! Laura n'avait pas entendu tomber la pluie depuis si longtemps qu'elle en avait oublié le son. Dans la maison souterraine, elle ne pouvait pas l'entendre, tant il y avait de terre et d'herbe au-dessus d'elle.

Heureuse, elle s'assoupit à nouveau, bercée par le plic-plac-ploc des gouttes d'eau.

CHAPITRE 18

LA VIEILLE
ÉCREVISSE
ET LES SANGSUES

Au matin, quand Laura bondit hors de son lit, ses pieds atterrirent sur un doux sol de lattes de bois. Elle sentit la bonne odeur de pin des planches et vit au-dessus de sa tête les bardeaux jaunes et brillants du toit en pente et les chevrons qui les soutenaient.

Par la fenêtre orientée vers l'est, elle aperçut le petit sentier descendant la butte verdoyante. Elle put voir aussi l'un des angles droits du soyeux champ de blé encore vert pâle et un peu plus loin le champ d'avoine gris-vert. Loin, très loin, on apercevait la lisière de cette merveilleuse terre verdoyante où perçait un filet argenté de soleil.

Le ruisseau bordé de saules et la maison souterraine semblaient bien loin.

Encore en chemise de nuit, elle fut soudain inondée par les chauds rayons du soleil. Sur le plancher propre, en bois jaune, les vitres projetaient des carrés de lumière et les barreaux de fines ombres. La tête de Laura coiffée de son bonnet de nuit, ses tresses et ses mains dont on pouvait distinguer chaque doigt quand elle les levait, dessinaient sur le sol une ombre plus sombre aux contours précis.

En bas, on entendait les couvercles du joli fourneau tout neuf se fermer avec fracas. La voix de Maman monta à travers la trappe carrée par laquelle passait l'échelle.

— Marie, Laura! C'est l'heure de vous lever, les filles!

Ainsi commençait une nouvelle journée dans la maison neuve.

Mais tandis qu'ils étaient en train de prendre le petit déjeuner dans la grande pièce du bas, Laura eut envie de voir le ruisseau. Elle demanda à Papa si elle pouvait retourner jouer là-bas.

— Non, Laura! répondit Papa. Je ne veux pas que tu retournes à ce ruisseau qui est plein de trous sombres et profonds. Mais quand vous aurez fini votre travail, Marie et toi, prenez donc le sentier que Nelson a tracé en venant travailler, et vous verrez ce que vous découvrirez!

Elles se hâtèrent de terminer leur travail. Dans l'appentis, elles découvrirent un balai qui venait juste d'être acheté! Que de merveilles recelait cette maison! Ce balai avait un manche long, droit, lisse et parfaitement rond. Le balai lui-même était composé de milliers de fins poils raides d'un jaune-vert. Maman expliqua que c'était un balai en paille. Les brins avaient été coupés parfaitement droits et le dessous du balai présentait une surface unie; près du manche les brins avaient été recourbés et solidement attachés par des bouts de ficelle rouge. Ce balai ne ressemblait en rien au balai de brindilles de saule que Papa avait fabriqué. Il était presque trop beau pour qu'on s'en serve, mais quand elles balayèrent, il glissa sur le plancher comme par magie.

Toutefois Laura et Marie mouraient d'impatience de suivre le sentier indiqué par Papa. Elles travaillèrent activement, rangèrent le balai et partirent. Laura était tellement pressée qu'après avoir fait quelques pas, elle se mit à courir. Sa capeline glissa et ballotta dans son dos, ses pieds nus effleuraient les herbes du sentier à peine tracé, qui descendait le talus, traversait un bout de prairie, puis montait une légère pente. Et là se trouvait le ruisseau!

Laura fut très surprise. Il semblait si différent de celui qu'elle connaissait, si tranquille sous le soleil, entre ses berges basses et couvertes d'herbe.

Le sentier s'arrêtait à l'ombre d'un grand saule. Un petit pont traversait le ruisseau et débouchait sur une herbe ensoleillée. Ensuite le sentier imprécis se continuait jusqu'à ce qu'il contournât une petite colline et échappât aux regards.

Laura pensa que ce petit chemin vagabondait sans fin sur l'herbe ensoleillée, traversant d'accueillants cours d'eau et contournant toujours les basses collines pour voir ce qu'il y avait derrière. Elle savait qu'en réalité il devait conduire à la maison de M. Nelson, mais elle se plaisait à l'imaginer vagabondant sans but où bon lui semblait.

Le ruisseau débouchait d'un bosquet de pruniers. Les petits arbres se pressaient sur les deux rives de l'étroit cours d'eau et leurs branches se touchaient presque comme pour former une voûte. Ils assombrissaient l'eau du ruisseau.

Celui-ci s'élargissait ensuite et courait, peu profond, sur du sable et des graviers qu'il couvrait de vaguelettes. Il se rétrécissait à nouveau pour couler sous le petit pont et courait en gargouillant vers un endroit plus vaste et plus tranquille. Ce petit plan d'eau, lisse comme un miroir, avoisinait un massif de saules.

Laura attendit Marie puis elles allèrent patauger dans l'eau peu profonde coulant sur le sable et les cailloux scintillants. De minuscules vairons grouillaient autour de leurs orteils et les chatouillaient quand elles restaient immobiles. Soudain Laura aperçut dans l'eau un étrange animal. Luisant et d'un brun vert, il était presque aussi long que le pied de Laura. Sur le devant, il avait deux longs bras qui se terminaient par deux grosses pinces plates. Sur le côté, il avait de courtes pattes et son imposante queue écailleuse avait une extrémité légèrement fourchue. Des antennes pointaient sur le devant et ses yeux étaient ronds et protubérants.

— Qu'est-ce que c'est? dit Marie, effrayée.

Laura ne s'en approcha pas davantage. Elle se pencha prudemment pour le voir mais il disparut soudain. Plus rapide qu'une punaise d'eau, il fit marche arrière et un petit tourbillon d'eau boueuse émergea de sous un caillou plat où il s'était caché.

Un instant plus tard, il sortit une pince et la fit claquer. Puis il pointa sa tête.

Quand Laura s'approchait de lui en pataugeant, il se retranchait sous son caillou. Mais quand elle remuait l'eau auprès de son caillou, il se précipitait toutes pinces dehors, essayant d'attraper ses doigts de pieds. Laura et Marie s'enfuyaient alors en hurlant et en faisant mille éclaboussures.

Puis elles l'agacèrent avec un long bâton. Sa grosse pince se referma sur celui-ci et le cassa en deux. Elles allèrent chercher un plus gros bâton et il le serra avec sa pince de toutes ses forces et ne lâcha pas prise jusqu'à ce que Marie le soulevât hors de l'eau. Il lui lança un regard furieux, enroula sa queue sous lui, faisant claquer son autre pince. Finalement l'étrange animal se laissa tomber dans l'eau et alla se cacher sous son caillou. Et chaque fois qu'elles agitaient l'eau autour de son caillou, il sortait, toujours furieux, et les filles s'enfuyaient chaque fois en hurlant à la vue de ses effrayantes pinces.

Elles restèrent assises un moment sur le petit pont, à l'ombre du grand saule, à écouter le glou-glou de l'eau et à contempler son scintillement. Puis elles allèrent en pateaugeant jusqu'au bosquet de pruniers.

Marie ne voulait pas aller dans l'eau sombre à l'ombre des pruniers. Là, le fond du ruisseau était boueux, ce qu'elle n'aimait guère. Elle resta donc assise sur la berge tandis que Laura pataugeait sous les bosquets.

L'eau était calme et des feuilles mortes flottaient sur les bords. La boue s'écrasait entre les doigts de pieds de Laura et faisait naître un nuage d'eau trouble qui empêchait de voir le fond. A cet endroit l'air était chargé d'une odeur fétide. Alors Laura fit demi-tour et retourna patauger dans l'eau claire et ensoleillée.

Elle crut voir des taches de boue sur ses jambes et ses pieds. Elle se précipita dans l'eau claire pour les faire partir. Mais les taches restaient et elle n'arriva pas davantage à les enlever en les frottant avec sa main.

Ces taches avaient la couleur et la mollesse de la boue mais restaient fermement collées à la peau de Laura.

Laura cria, ne put faire un pas mais continua à crier :

— Oh! Marie, Marie, viens! viens vite!

Marie arriva mais ne voulut absolument pas toucher à ces horribles choses qu'elle affirma être des vers et toucher un ver lui répugnait. Cela répugnait encore davantage à Laura, mais c'était plus atroce d'avoir ces choses sur soi que de les toucher. Elle en saisit une, enfonça son ongle dedans et tira.

La chose s'étira, ne cessa de s'étirer de plus en plus mais ne lâcha pas prise.

— Oh, ne fais pas cela! Ne fais pas cela! Tu vas le déchirer en deux! dit Marie.

Mais Laura continuait à tirer jusqu'à ce qu'elle réussisse à l'enlever. Du sang dégoulina le long de sa jambe.

Une à une, Laura retira ces choses et, à chaque fois, un mince filet de sang coulait à l'endroit où elle en avait retiré une.

Laura n'avait plus du tout envie de jouer. Elle lava ses mains et ses jambes dans l'eau claire et rentra à la maison avec Marie.

Elles arrivèrent pour le déjeuner et Papa était là. Laura lui parla de ces choses brunes, sans yeux, ni tête, ni pattes, qui s'étaient accrochées à sa peau dans le ruisseau.

Maman expliqua que c'étaient des sangsues et que les médecins les appliquaient quelquefois sur les corps des malades pour les soigner. Papa ajouta qu'elles habitaient dans la boue, dans les endroits tranquilles et sombres des cours d'eau.

— Je ne les aime pas, dit Laura.

— Alors ne va pas dans la boue, petite tête de linotte! dit Papa. Si tu ne veux pas d'ennuis, ne va pas les chercher.

Maman dit :

— De toute façon, les filles, vous n'allez plus avoir tellement le temps d'aller jouer dans le ruisseau. Maintenant que nous sommes bien agréablement installés, à quatre kilomètres de la ville seulement, vous pouvez aller à l'école.

Laura resta sans voix de même que Marie. Elles se regardèrent et pensèrent : « L'école? »

CHAPITRE 19

L'ATTRAPE-POISSONS

Plus Laura apprenait de choses sur l'école, moins elle avait envie d'y aller. Elle se demandait comment elle pourrait rester loin du ruisseau pendant toute une journée. Elle demanda :

— Oh, Maman, faut-il vraiment que j'y aille?

Maman répondit qu'une grande fille de presque huit ans devait apprendre à lire au lieu de courir comme une sauvageonne sur les berges du ruisseau Plum.

— Mais, Maman, je sais lire! S'il te plaît, supplia Laura, ne m'envoie pas à l'école. Je sais lire, écoute!

Elle prit le livre intitulé *Millbank*, l'ouvrit, et

lut, levant parfois vers Maman un regard anxieux : « Les portes et les fenêtres de Millbank étaient fermées. Un morceau de crêpe pendait à la porte... »

— Oh, Laura ! s'exclama Maman, tu n'es pas en train de lire ! Tu es en train de réciter ce que tu m'as si souvent entendu lire à Papa. De plus il y a d'autres choses à apprendre : il faut savoir épeler, écrire et compter. Ne m'ennuie plus avec cela. Tu commenceras, de même que Marie, l'école lundi prochain.

Marie était assise par terre, occupée à coudre. Elle avait l'air d'une gentille petite fille qui voulait bien aller à l'école.

Juste devant l'appentis, Papa était en train de clouer quelque chose. Laura s'élança si vite hors de la maison, qu'elle faillit recevoir un coup de marteau.

— Ouh, dit Papa ! J'ai bien failli te donner un coup. J'aurais dû m'attendre à te voir venir. Tu es toujours là où il ne faut pas, tête de linotte.

— Oh, qu'est-ce que tu es en train de faire, Papa ? lui demanda Laura.

Papa clouait d'étroites planches de bois, qui n'avaient pas été utilisées lors de la construction de la maison.

— Je fais un attrape-poissons, dit Papa. Veux-tu m'aider ? Veux-tu me tenir ces clous ?

Laura lui tendait les clous un à un et Papa les

enfonçait pour fabriquer une caisse à claire-voie,
longue, étroite et sans couvercle.

— Comment peut-on attraper des poissons
avec cela? demanda Laura. Si tu mets cette
caisse dans le ruisseau, les poissons pourront
rentrer dedans en passant par les fentes, mais ils
pourront tout aussi facilement en sortir.

— Attends de voir, répondit Papa.

Laura attendit que Papa ait rangé les clous et
le marteau. Il mit le piège sur ses épaules et dit à
Laura :

— Tu peux venir m'aider à l'installer.

Laura prit la main de Papa, descendit derrière
lui le talus en sautillant, puis ils marchèrent sur
la prairie en direction du ruisseau. Ils suivirent
la berge basse, passèrent devant le bosquet de
pruniers et arrivèrent à un endroit où les berges
étaient escarpées et le ruisseau plus étroit et plus
bruyant. Papa passa à travers des buissons,
Laura se faufilant derrière lui et ils débouchèrent près d'une chute d'eau.

L'eau coulait, rapide et lisse, jusqu'au bord de
la chute, puis tombait dans un bruit fracassant.
En bas, elle tourbillonnait avant de s'enfuir
rapidement.

Laura aurait pu rester des heures à la contempler. Mais elle devait aider Papa à installer
l'attrape-poissons. Ils le placèrent exactement
sous la chute et toute l'eau tombait dedans et y

tournoyait. Elle ne pouvait s'élancer hors de la caisse, mais, tout écumante, s'écoulait par les fentes.

— Maintenant tu comprends ce qui va se passer, dit Papa. Le poisson tombera avec la chute d'eau dans le piège. Les petits pourront passer par les fentes, mais pas les gros. Comme ils ne peuvent pas remonter les chutes, ils devront rester dans la caisse, jusqu'à ce que je vienne les chercher.

A ce moment précis, un gros poisson glissa le long de la chute. Laura poussa un cri de joie :

— Regarde, Papa, regarde !

Papa mit les mains dans l'eau, attrapa le poisson et sortit de l'eau l'animal agité de soubresauts. Ils contemplèrent un moment ce poisson plat et argenté avant de le remettre dans la caisse.

— Oh, Papa, est-ce que nous ne pourrions pas rester, s'il te plaît, afin d'attraper suffisamment de poissons pour le dîner, demanda Laura.

— Il faut que je construise une grange, bêche le jardin, creuse un puits et...

Mais il regarda Laura et dit :

— Bon, d'accord, ma petite chopine, peut-être que cela ne nous prendra pas trop de temps.

Ils s'assirent tous deux sur leurs talons et attendirent. Le ruisseau dans lequel se jouaient les rayons du soleil continuait à couler et à tourbillonner. Laura profitait de sa douce fraîcheur, tandis que les rayons du soleil chauffaient son dos. Des buissons, pointaient vers le soleil des milliers de petites feuilles qui sentaient bon.

— Oh, Papa, demanda Laura, faut-il vraiment que j'aille à l'école ?

— Tu aimeras l'école, Laura, affirma Papa.

— Je préfère rester ici, dit mélancoliquement Laura.

— Je sais, ma petite pinte de cidre doux, dit Papa, mais tout le monde n'a pas cette chance de pouvoir apprendre à lire, écrire et compter. Quand j'ai rencontré ta maman, elle était institutrice et quand elle est venue avec moi dans l'ouest, j'ai promis que nos filles pourraient apprendre à lire. Voilà pourquoi, nous nous sommes arrêtés ici, si près d'une ville où il y a une école. Tu as presque huit ans maintenant, et Marie neuf, et il est temps que vous commenciez. Réjouis-toi d'avoir cette chance, Laura.

— Oui, Papa, soupira Laura.

A ce moment, un autre poisson tomba avec la chute et avant que Papa puisse l'attraper, il en arriva un autre.

Papa coupa et aiguisa un bâton en forme de fourche. Il sortit quatre gros poissons du piège et les enfila sur son bâton. Laura et Papa rentrèrent à la maison, portant leurs prises qui se débattaient encore. Maman ouvrit des yeux ronds en les voyant. Papa leur coupa la tête, les vida, et montra à Laura comment les écailler. Il en écailla trois et Laura en écailla un presque en entier.

Maman les roula dans la farine et les fit frire. Ils mangèrent ces délicieux poissons pour leur dîner.

— Tu as toujours plein d'idées, Charles, dit Maman. Juste au moment où je me demandais où nous allions nous procurer les vivres maintenant que nous sommes au printemps.

Papa, en effet, ne pouvait pas chasser au printemps, car tous les lapins ont des bébés lapins et les oiseaux des oisillons dans leurs nids.

— Attends que j'aie moissonné ce blé! dit Papa. Alors nous aurons du porc salé tous les jours... et même en sauce! Nous mangerons aussi du bœuf!

A partir de ce jour, chaque matin avant de partir travailler, Papa ramenait des poissons pris au piège. Il prenait juste ce dont il avait besoin pour nourrir la famille et remettait les autres en liberté dans le ruisseau.

Il ramenait des poissons-buffles, des brochetons, des poissons-chats, et d'autres dont il ne connaissait pas le nom. Chaque jour, au petit déjeuner, au déjeuner, et au dîner, ils mangeaient du poisson.

CHAPITRE 20

L'ÉCOLE

Le lundi matin arriva. Dès que Laura et
Marie eurent fini de laver les assiettes du petit
déjeuner, elles montèrent au grenier par l'échelle
pour enfiler leur robe du dimanche. Celle de
Marie était en calicot bleu brodé, celle de Laura
était rouge.

Maman natta leurs cheveux en tresses serrées
et attacha les extrémités avec des bouts de fil.
Elles ne pouvaient pas porter leurs rubans du
dimanche car elles risquaient de les perdre. Elles
mirent leur capeline fraîchement lavée et repas-
sée.

Puis Maman les emmena dans sa chambre.

Elle s'agenouilla à côté d'une caisse où elle gardait ses trésors et en sortit trois livres. C'étaient des livres dans lesquels elle avait étudié quand elle était petite. Il y avait un alphabet, un livre d'écriture et un livre de calcul.

Elle regarda gravement Marie et Laura qui étaient graves elles aussi.

— Je vous donne ces livres à vous personnellement, Laura et Marie, dit Maman. Je sais que vous en prendrez soin et que vous les étudierez consciencieusement.

— Oui Maman, répondirent-elles.

Elle chargea Marie de porter les livres. Elle donna à Laura le petit seau couvert d'un torchon, qui contenait leur déjeuner.

— Au revoir, soyez sages, les filles, recommanda Maman.

Maman et Carrie restèrent sur le seuil, et Jack suivit les filles en bas du talus, très perplexe, puis les accompagna à travers la prairie le long des traces des roues du chariot de Papa, marchant sur les talons de Laura.

Quand ils arrivèrent au gué, Jack s'assit et commença à geindre. Laura dut lui expliquer qu'il ne devait pas aller plus loin. Elle caressa sa grosse tête et essaya de dissiper son air soucieux. Mais tandis qu'elle passait le gué, il resta assis à les observer, l'air renfrogné.

Elles prirent garde de ne pas éclabousser leurs

robes toutes propres. Un héron bleu s'éleva au-dessus de l'eau, battant des ailes et laissant pendre ses longues pattes. Laura et Marie regardaient où elles posaient les pieds car elles ne voulaient pas marcher sur les traces poussiéreuses laissées par les roues du chariot tant que leurs pieds ne seraient pas secs. Elles ne devaient pas arriver à la ville avec des pieds sales.

La nouvelle maison apparaissait toute petite sur le talus, entourée à perte de vue par la belle prairie verte. Maman et Carrie étaient rentrées à l'intérieur. Seul Jack restait près du gué à les observer.

Marie et Laura continuèrent tranquillement à marcher.

Les perles de rosée scintillaient sur les herbes. Les alouettes des prés chantaient, les bécassines marchaient sur leurs longues pattes fluettes. Les poules des prairies gloussaient et leurs petits poussins jetaient des coups d'œil furtifs. Des lapins se tenaient debout, les pattes de devant ballantes, leurs longues oreilles dressées, fixant Marie et Laura de leurs yeux ronds.

Papa avait dit que la ville était seulement à quatre kilomètres et que la route tracée par le chariot les y conduirait. Elles sauraient qu'elles étaient arrivées quand elles verraient une maison.

De gros nuages blancs voguaient dans le ciel

immense et leurs ombres grises s'étiraient sur les herbes mouvantes de la prairie. On avait l'impression que les traces laissées par le chariot sur l'herbe allaient s'arrêter mais finalement elles se poursuivaient toujours.

— Pour l'amour de Dieu, Laura, dit Marie, garde ta capeline sur la tête! Tu vas être aussi basanée qu'un Indien et que vont penser les filles de la ville?

— Cela m'est égal! dit Laura d'une voix assurée.

— Ce n'est pas vrai! dit Marie.

— Si, cela m'est égal!

— Non.

— Si.

— Tu as aussi peur de la ville que moi, dit Marie.

Laura ne répondit rien. Au bout d'un instant, elle remit sa capeline sur la tête.

— En tout cas, nous sommes deux, dit Marie.

Elles continuèrent à cheminer. Après un long moment, elles aperçurent la ville qui ressemblait à un jeu de cubes disposés sur la prairie. Soudain la route plongea et à nouveau, elles ne virent plus que l'herbe et le ciel. Puis la ville réapparut de plus en plus grande. De la fumée s'échappait des cheminées.

La route propre et herbeuse s'achevait dans la poussière. Cette route poussiéreuse passait devant une petite maison, puis devant un magasin possédant un porche où l'on accédait en montant quelques marches.

Plus loin, un peu en retrait de la route, il y avait l'atelier du forgeron. A l'intérieur, un homme imposant, vêtu d'un tablier de cuir, attisait avec son soufflet des braises. Il sortit à l'aide de pinces un morceau de fer incandescent et tapa dessus avec un gros marteau. Bang! Bang! Des dizaines de minuscules étincelles volèrent dans la lumière du matin.

Au-delà de la forge, on apercevait l'arrière d'un bâtiment. Marie et Laura s'en approchèrent. Là, le sol était dur, il n'y avait plus d'herbe où poser les pieds.

En face de ce bâtiment, une autre route large et poussiéreuse coupait leur route. Puis elles regardèrent à travers la poussière les devantures de deux autres magasins. Elles entendirent un bruit confus de voix enfantines. La route de Papa n'allait pas plus loin.

— Viens! dit Marie à voix basse.

Mais Laura ne bougea pas.

— Ces airs parviennent de l'école. Papa m'avait dit que nous les entendrions.

Laura avait envie de faire demi-tour et de rentrer en courant à la maison.

Laura et Marie continuèrent à avancer dans la poussière en direction du bruit des voix, longeant deux magasins, passant devant des piles de planches et de bardeaux; ce devait être le dépôt où Papa s'était procuré les planches pour la nouvelle maison. Puis elles aperçurent l'école.

Elle se trouvait en retrait sur la prairie, au-delà de la route poussiéreuse. A travers l'herbe, un long sentier y menait; des garçons et des filles jouaient devant.

Laura, suivie de Marie, s'avança sur ce sentier. Tous les garçons et les filles se turent et les regardèrent. Laura s'approcha de plus en plus près de toutes ces paires d'yeux et soudain, sans y penser, en faisant balancer son seau qui contenait le déjeuner, elle leur cria :

— Vous avez tous l'air d'une couvée de poussins des prairies!

Ils furent surpris mais ils ne l'étaient pas

autant que Laura qui avait de plus terriblement honte. Marie dit presque sans voix :

— Laura !

Puis un garçon couvert de taches de rousseur et aux cheveux couleur de feu hurla :

— Bécassines vous-mêmes ! Bécassines ! Bécassines aux longues jambes !

Laura aurait voulu disparaître sous terre et cacher ses jambes. Sa robe était trop courte, elle était bien plus courte que celles des petites filles de la ville. Il en était de même pour Marie ! Avant d'arriver au ruisseau Plum, Maman leur avait dit qu'elles grandissaient trop vite dans leur robe. Leurs jambes nues paraissaient donc longues et fluettes, comme celles des bécassines.

Tous les garçons les montraient du doigt et criaient :

— Bécassines! Bécassines!

Puis une petite fille aux cheveux roux s'avança et repoussa les garçons en disant :

— Taisez-vous! Vous faites trop de bruit! Tais-toi, Sandy! dit-elle au garçon aux taches de rousseur, et il se tut.

Elle s'approcha de Laura et dit :

— Mon nom est Christie Kennedy et cet affreux garçon est mon frère Sandy; mais il ne voulait pas être méchant avec vous. Comment vous appelez-vous?

Ses tresses rousses étaient si serrées qu'elles se tenaient toutes raides. Ses yeux étaient d'un bleu foncé presque noir, et ses joues rondes étaient couvertes de taches de rousseur. Sa capeline pendait dans son dos.

— C'est ta sœur? demanda Laura, et Christie répondit, en désignant des grandes filles qui parlaient avec Marie :

— Ce sont mes sœurs. La plus grande s'appelle Nettie, la brune Cassie et puis il y a Donald et moi et Sandy. Combien as-tu de frères et sœurs?

— Deux, répondit Laura. Il y a Marie et ma petite sœur Carrie qui a aussi les cheveux blonds. Nous avons aussi un bouledogue qui s'appelle Jack. Nous vivons sur les bords du ruisseau Plum. Où habitez-vous?

— Est-ce ton papa qui conduit deux chevaux

bais, à la queue et à la crinière noires? demanda Christie.

— Oui, dit Laura. Ce sont Sam et David, nos chevaux de Noël.

— Il passe devant notre maison, alors vous avez dû y passer aussi, expliqua Christie. C'est la maison qui se trouve juste avant le magasin de M. Beadle qui tient lieu de poste et l'atelier du forgeron. Mlle Eva Beadle est notre institutrice. Voilà Nelly Oleson.

Nelly était très jolie. Deux énormes rubans bleus étaient attachés dans ses cheveux blonds qui tombaient en longues boucles. Elle était vêtue d'une robe de batiste blanche, imprimée de petites fleurs bleues et elle portait des chaussures.

Elle dévisagea Laura puis Marie et plissa le nez.

— Hum! dit-elle. Des filles de la campagne!

Avant que personne n'eût pu ajouter quoi que ce soit, la cloche sonna. Une jeune femme se tenait sur le seuil de l'école, agitant une cloche dans sa main. Tous les garçons et les filles se précipitèrent dans la salle de classe.

C'était une belle jeune femme; une frange frisée tombait au-dessus de ses yeux bruns et deux nattes épaisses étaient relevées sur sa nuque. Une rangée de boutons scintillants descendait le long de son corsage et sa jupe était froncée et bouffait joliment à l'arrière. Elle avait un visage avenant au sourire chaleureux.

Elle posa sa main sur l'épaule de Laura et dit :

— Vous êtes nouvelles, n'est-ce pas?

— Oui, Madame.

— Et c'est votre sœur, demanda l'institutrice, souriant en direction de Marie.

— Oui, Madame.

— Alors venez avec moi, je vais inscrire vos noms dans mon registre.

Elles traversèrent toute la classe et montèrent sur l'estrade.

L'école était composée d'une seule classe, construite à l'aide de planches neuves. Les bardeaux du toit tenaient lieu de plafond tout comme le plafond du grenier de la maison. De longs bancs étaient alignés les uns derrière les autres et comportaient des dossiers prolongés de deux tablettes qui servaient de pupitre au banc de derrière. Seul le banc du premier rang n'avait pas de pupitre devant lui, tout comme le dernier n'avait pas de dossier.

Par les deux fenêtres ouvertes de chaque côté de la salle de classe pénétraient le bruit des herbes agitées par le vent, l'odeur de la prairie sans fin et la merveilleuse lumière du ciel.

Laura aperçut tout cela, tandis qu'elle se tenait avec Marie à côté du bureau de l'institutrice, et qu'elles lui indiquaient leur nom et leur âge. Elle promenait ses yeux tout autour d'elle sans bouger la tête.

Un seau d'eau était posé sur un banc à côté de la porte, un balai se trouvait dans un coin. Sur le mur derrière le bureau de l'institutrice se trouvaient des planches lisses peintes en noir. En dessous il y avait un petit baquet dans lequel étaient posés des sortes de petits bâtons blancs et un bloc de bois sur lequel était cloué un petit bout de peau de mouton laineuse. Laura se demanda à quoi servait tout cela.

Marie montra à l'institutrice comment elle savait épeler et lire, mais Laura regarda le livre de Maman et secoua la tête. Elle ne savait pas lire, elle ne connaissait pas toutes les lettres.

— Bien, tu vas pouvoir commencer au début, Laura, dit l'institutrice, et Marie peut commencer plus loin. Avez-vous une ardoise?

Elles n'avaient pas d'ardoise.

— Je vais vous prêter la mienne, dit l'institutrice. Vous ne pouvez pas apprendre à écrire sans ardoise.

Elle souleva le dessus de son bureau et en sortit une ardoise. Son bureau ressemblait à une grande caisse avec une ouverture sur le côté pour mettre les jambes. Le dessus pivotait sur des gonds et découvrait l'endroit où elle rangeait des affaires, comme ses livres et sa règle.

Laura n'apprit que plus tard que la règle

servait à punir tout ceux qui remuaient continuellement ou chuchotaient en classe. Tous ceux qui n'étaient pas sages devaient s'avancer jusqu'au bureau de l'institutrice et lui tendre les doigts pour qu'elle leur tapât dessus plusieurs fois de suite avec la règle.

Mais Laura et Marie ne chuchotèrent jamais en classe et elles essayèrent de se tenir toujours tranquilles. Elles étaient assises l'une à côté de l'autre sur un banc et étudiaient. Les pieds de Marie étaient posés par terre, ceux de Laura restaient ballants. Leur livre était posé devant elles, sur le pupitre. Laura étudiait les pages du début, et Marie en était plus loin. Elles faisaient tenir droites les pages qui se trouvaient entre celles qu'elles étudiaient.

Laura était toute une classe à elle seule, parce qu'elle était la seule élève qui ne savait pas lire. A chaque fois que l'institutrice avait un moment, elle appelait Laura à son bureau et l'aidait à épeler des lettres. Juste avant l'heure du déjeuner, ce premier jour de classe, Laura put lire CAT, cat. Tout à coup elle se souvint et dit :

— PAT, pat !

Cela surprit l'institutrice.

— RAT, rat dit l'institutrice, MAT, mat.

Et Laura lisait ! Elle pouvait lire toute seule la première ligne de son alphabet.

A midi les autres enfants et l'institutrice rentrèrent manger chez eux. Laura et Marie prirent leur petit seau et s'assirent dans l'herbe à l'ombre de l'école déserte. Elles mangèrent leur pain beurré et bavardèrent.

— J'aime bien l'école, dit Marie.

— Moi aussi, dit Laura, sauf que cela fatigue les jambes, et je n'aime pas cette Nelly Oleson qui nous a traitées de filles de la campagne!

— Mais nous sommes des filles de la campagne!

— Oui, mais elle n'a pas besoin de plisser son nez en le disant, dit Laura.

CHAPITRE 21

NELLY OLESON

Ce soir-là, Jack attendait les filles au gué, et, pendant le dîner, elles racontèrent comment s'était passée cette première journée d'école. Quand elles dirent qu'elles se servaient de l'ardoise de l'institutrice, Papa hocha la tête en signe de dénégation : elles ne devaient pas être redevables du prêt d'une ardoise.

Le lendemain matin, il sortit l'argent de son étui à violon et le compta. Il donna à Marie une pièce d'argent pour qu'elle achète une ardoise.

— Le ruisseau regorge de poissons, dit Papa, nous pourrons attendre jusqu'à la moisson.

— Nous aurons très prochainement des

pommes de terre, ajouta Maman en souriant.

Elle mit l'argent dans un mouchoir qu'elle noua et épingla à l'intérieur de la poche de Marie.

Marie ne cessa de presser sa main sur cette poche tout au long du chemin qui traversait la prairie. Le vent soufflait, des papillons et des oiseaux voletaient au-dessus des herbes ondulantes et des fleurs sauvages, des lapins bondissaient parmi elles sous la voûte de l'immense ciel clair. Laura sautillait d'un pied sur l'autre, balançant le seau qui contenait leur déjeuner.

Arrivées en ville, elles traversèrent la Grande Rue poussiéreuse et montèrent les marches qui menaient au magasin de M. Oleson. Papa avait dit d'acheter l'ardoise là.

A l'intérieur du magasin, un long comptoir s'étendait devant un mur garni d'étagères remplies de casseroles en fer-blanc, de pots, de lampes et de lanternes, et de pièces de tissus de couleur. Des charrues, des caisses de clous et des rouleaux de fil de fer étaient posés contre l'autre mur sur lequel on avait accroché des scies, des marteaux, des hachettes et des couteaux.

Un grand fromage jaune et rond trônait sur le comptoir et, par terre, face à lui, il y avait un tonneau rempli de mélasse et un autre rempli de cornichons, une grande caisse en bois pleine de biscuits, et deux grands seaux de bois contenant

161

des sucres d'orge; c'était les sucres d'orge de Noël, deux grands seaux entiers!

Soudain, la porte du fond s'ouvrit violemment et Nelly Oleson accompagnée de son petit frère William firent irruption dans le magasin. A la vue de Laura et Marie, le nez de Nelly se plissa et William chantonna :

— Oh, là, là! Oh, là, là! Bécassines aux longues jambes!

— Tais-toi, William, dit M. Oleson.

Mais William continua de plus belle :

— Bécassines! Bécassines!

Nelly se précipita vers le seau de sucres d'orge, bousculant Laura et Marie, et plongea ses mains dedans. William se jeta vers l'autre seau. Ils attrapèrent autant de sucres d'orge que leurs mains pouvaient en contenir et s'en empiffrèrent. Ils regardaient Laura et Marie, la bouche pleine de bonbons, sans leur en offrir le moindre morceau.

— Nelly et William, sortez tout de suite de là, cria M. Oleson.

Mais ils continuaient à mâchonner, toisant Marie et Laura, et M. Oleson ne fit plus attention à eux. Marie lui tendit l'argent et M. Oleson lui donna l'ardoise, en disant :

— Il vous faut aussi un crayon à ardoise. En voilà un. Cela fera un sou.

— Elles n'ont pas l'argent, dit Nelly.

— Cela ne fait rien, dit M. Oleson. Emportez-le et dites à votre Papa de me donner l'argent la prochaine fois qu'il viendra en ville.

— Non merci, Monsieur, dit Marie.

Et elle se dirigea vers la porte, suivie de Laura. Arrivée sur le seuil, Laura se retourna et vit que Nelly lui faisait la grimace. La langue de Nelly était rayée de rouge et de vert comme les sucres d'orge.

— Mon Dieu! dit Marie, je ne pourrai jamais être aussi méchante que cette Nelly Oleson.

Mais Laura pensa : « Moi, je le pourrai. Je pourrai même être plus méchante avec elle qu'elle ne l'est avec nous, si Papa et Maman me le permettaient. »

Elles regardèrent la douce surface grise de leur ardoise et les quatre côtés de son cadre en bois plat et propre, qui s'emboîtaient si parfaitement dans les angles.

Papa avait déjà tant dépensé pour l'ardoise, qu'elles ne pouvaient pas se résoudre à lui demander un sou supplémentaire. Elles marchaient sans dire mot, quand tout à coup Laura se souvint de leurs sous de Noël. Elles avaient toujours les petites pièces qu'elles avaient trouvées un matin de Noël, dans le Territoire indien.

Marie avait un sou, Laura avait aussi un sou, mais un seul crayon suffisait. Alors elles décidèrent que Marie dépenserait son sou pour acheter le crayon et qu'ensuite la moitié du sou de Laura lui appartiendrait. Le lendemain, elles achetèrent le crayon, mais allèrent cette fois au magasin de M. Beadle qui tenait lieu de poste. L'institutrice habitait là et elles firent route vers l'école en sa compagnie.

Tout au long de longues et chaudes semaines, elles allèrent à l'école et s'y plaisaient de plus en plus. Elles aimaient lire, écrire et compter. Laura aimait l'heure de la récréation, quand toutes les petites filles se précipitaient dans le vent et le soleil, cueillant des fleurs sauvages parmi les herbes de la prairie et participant aux jeux.

Les garçons jouaient à des jeux de garçons sur un côté de l'école; les filles jouaient de l'autre côté, et Marie restait assise bien sagement sur les marches avec les autres grandes filles.

Les petites filles jouaient toujours à faire la ronde en chantant « Nous n'irons plus au bois », parce que Nelly en avait décidé ainsi. Elles en avaient assez de toujours y jouer, mais continuaient jusqu'au jour où Laura s'écria, ne laissant pas le temps à Nelly de dire un mot :

— Jouons à « l'Oncle John » !

— Oh, oui! Oh, oui! s'exclamèrent en chœur les petites filles.

Mais Nelly saisit à deux mains les longs cheveux de Laura et la fit tomber violemment par terre. Laura se releva d'un bond et sa main frôla la joue de Nelly. Elle avait retenu son geste; Papa avait dit qu'elle ne devait jamais frapper qui que ce soit.

— Viens, Laura, dit Christie, en lui prenant la main.

Laura avait le visage rouge de colère et ne voyait presque plus rien, mais elle alla faire cercle avec les autres autour de Nelly. Nelly secoua ses boucles et fit froufrouter sa robe, fière d'avoir eu le dernier mot.

Mais Christie commença à chanter et toutes les autres se joignirent à elle :

Oncle John est alité
Qu'allons-nous lui envoyer?

— Non! Non! Chantons « Nous n'irons plus au bois », hurla Nelly, ou je ne joue plus!

Elle sortit de la ronde et personne ne la retint.

— Bien, va au milieu, Maud, dit Christie.
Et elles reprirent :

Oncle John est alité.
Qu'allons-nous lui envoyer ?
Un morceau de gâteau, un morceau de pâté
Et des pommes bien sucrées.
Dans quoi allons-nous les lui envoyer ?
Dans une soucoupe dorée.
Et qui va les lui apporter ?
La fille du préfet.
Et si on ne trouve pas la fille du préfet
Qui va les lui apporter ?

Alors toutes les filles crièrent :

Laura Ingalls !

Laura s'avança au milieu de la ronde et toutes les filles dansèrent autour d'elle. Elles continuèrent à jouer à « l'Oncle John » jusqu'à ce que l'institutrice sonnât la cloche. Nelly était en train de pleurer dans la salle de classe et elle dit qu'elle était tellement fâchée qu'elle n'adresserait plus jamais la parole à Laura et Christie.

Mais, la semaine suivante, elle invita toutes les filles à un goûter chez elle, samedi après-midi. Elle demanda spécialement à Christie et à Laura de venir.

CHAPITRE 22

LE GOÛTER
EN VILLE

Laura et Marie n'avaient jamais été invitées à un goûter et ne savaient pas du tout à quoi cela ressemblerait. Maman leur dit que c'était un agréable moment que des amis passaient ensemble.

Le vendredi, après l'école, elles lavèrent leur robe et leur capeline. Le samedi matin, elles les repassèrent et les amidonnèrent soigneusement. Elles prirent aussi un bain qu'elles prenaient d'habitude le soir.

— Vous êtes aussi jolies que des bouquets de fleurs des champs, leur dit Maman quand elles descendirent l'échelle pour se rendre au goûter.

167

Elle leur attacha des rubans dans les cheveux et leur dit de faire attention de ne pas les perdre.

— Maintenant, soyez sages et tenez-vous bien! leur dit-elle.

Quand elles arrivèrent en ville, elles passèrent prendre Cassie et Christie qui, elles aussi, n'avaient jamais été à un goûter. Les quatre filles entrèrent timidement dans la boutique de M. Oleson qui leur dit :

— Entrez! Entrez!

Alors, elles passèrent devant les bonbons, les cornichons et les charrues et se dirigèrent vers la porte du fond. Celle-ci s'ouvrit et Nelly Oleson, tout endimanchée, apparut ainsi que Mme Oleson qui leur demanda d'entrer.

Laura n'avait jamais vu un si joli intérieur et elle put à peine prononcer : « Bonjour Mme Oleson. Oui, Madame. Non, Madame. »

Tout le plancher était couvert d'une sorte de gros drap, que Laura sentit rêche sous ses pieds nus. Des arabesques rouges s'entrelaçaient sur un fond brun et vert. La pièce était de petite dimension et les murs et le plafond étaient garnis de planches de bois lisses, parfaitement emboîtées les unes dans les autres. La table et les chaises, en bois jaune brillant comme du verre, reposaient sur des pieds admirablement ronds. Des tableaux colorés agrémentaient les murs.

— Allez dans la chambre, les filles, et laissez

vos chapeaux, dit Mme Oleson d'une voix affectée.

Un lit au cadre de bois brillant, ainsi que deux autres meubles composaient le mobilier de cette pièce. L'un d'eux était muni d'une série de tiroirs, avec deux plus petits tiroirs sur le dessus et deux arceaux de bois qui soutenaient et encadraient une grande glace. Sur le dessus de l'autre meuble se trouvaient un broc et une cuvette en porcelaine, ainsi qu'une petite soucoupe, elle aussi en porcelaine, dans laquelle reposait un savon.

Des fenêtres en vitre, garnies de rideaux en dentelle blanche, éclairaient les deux pièces.

On pouvait trouver, dans un grand appentis adossé à la pièce de devant, un four, semblable à celui de Maman, et toutes sortes de récipients et de casseroles en fer-blanc accrochés aux murs.

Toutes les fillettes étaient arrivées maintenant, et les jupes de Mme Oleson se frayaient un chemin parmi elles, laissant entendre un doux frou-frou. Laura aurait voulu rester là, à contempler toutes les belles choses, mais Mme Oleson dit :

— Nelly, amène tes jouets maintenant !

— Elles peuvent jouer avec les jeux de William, répondit Nelly.

— Je leur défends de monter sur mon vélocipède, cria William.

— Mais elles peuvent jouer avec ton arche de Noé et tes soldats, rétorqua Nelly et Mme Oleson obligea William à se tenir tranquille.

L'arche de Noé était la chose la plus merveilleuse que Laura eût jamais vue. Toutes les fillettes s'agenouillèrent autour de l'arche, poussant des cris de surprise et riant de joie à la vue des zèbres, des éléphants, des tigres, des chevaux et de toutes sortes d'autres animaux; ils semblaient s'être échappés d'une des pages de la Bible couverte de papier qui se trouvait dans la maison de Laura et Marie.

Elles découvrirent ensuite deux armées entières de soldats de plomb avec des uniformes peints d'un bleu et d'un rouge brillants.

Il y avait aussi un pantin découpé dans un morceau de bois plat; il était vêtu d'un pantalon et d'un gilet rayés en papier. Son visage blanc était coloré par des joues rouges, et des cercles entouraient ses yeux. Un grand chapeau pointu coiffait sa tête. Il pendait entre deux fines baguettes de bois rouge et lorsqu'on serrait celles-ci l'une contre l'autre, il dansait. Ses mains étaient tenues par deux fils torsadés. Il pouvait faire la galipette au-dessus de ses fils; il se tenait alors la tête en bas, les orteils sur le nez.

Même les grandes filles s'exclamèrent d'admiration et de surprise à la vue de ces animaux, de ces soldats, et, en voyant le pantin, elles rirent à en pleurer.

Puis, Nelly s'avança au milieu d'elles en disant :

— Vous pouvez regarder ma poupée.

La poupée était entièrement en porcelaine : son visage aux joues lisses et rosées, à la bouche rouge, aux yeux noirs, qu'encadraient des cheveux bouclés noirs aussi et ses minuscules mains tout comme ses pieds menus logés dans des petites chaussures noires, tout cela était en porcelaine.

— Oh! s'exclama Laura. Oh, quelle belle poupée! Oh, Nelly, comment s'appelle-t-elle?

— Ce n'est rien qu'une vieille poupée, répondit Nelly. Attends un peu de voir ma poupée de cire.

Elle fourra la poupée de porcelaine dans un tiroir et sortit une longue boîte. Elle posa la boîte sur le lit et souleva le couvercle. Toutes les filles se penchèrent autour d'elle pour regarder.

Dans la boîte était couchée une poupée qui avait l'air vivante. De vrais cheveux blonds retombaient en souples boucles sur le petit oreiller. Ses lèvres entrouvertes laissaient voir deux minuscules dents blanches. Ses yeux étaient fermés. La poupée dormait dans la boîte.

Nelly la souleva et ses yeux s'ouvrirent. La poupée avait de grands yeux bleus qui semblaient rire. Elle pouvait aussi tendre ses bras en criant : « Maman! »

— Elle fait cela quand j'appuie sur son ventre, expliqua Nelly. Regardez! et elle donna un violent coup de poing dans le ventre de la malheureuse poupée qui cria : « Maman! »

La poupée était habillée tout en soie bleue. Ses jupons étaient de vrais jupons, garnis de dentelles, et l'on pouvait ôter ses pantalons longs, de vrais pantalons longs! Elle était chaussée de petits chaussons de cuir bleu.

Laura ne disait mot, une si merveilleuse poupée la laissait sans voix. Elle n'avait pas l'intention de la toucher, mais, sans le vouloir, son doigt frôla la soie bleue.

— N'y touche pas! rugit Nelly. Ôte tes mains de ma poupée, Laura Ingalls!

D'un mouvement vif, Nelly serra la poupée contre elle et tourna le dos à Laura de sorte que celle-ci ne put la voir remettre la poupée dans la boîte.

Le visage de Laura s'empourpra et les autres petites filles ne savaient que faire. Laura alla s'asseoir sur une chaise. Les autres regardèrent Nelly remettre la boîte dans un tiroir et le refermer. Puis elles contemplèrent à nouveau les animaux et les soldats de plomb et firent tourner le pantin.

Mme Oleson arriva dans la pièce et demanda à

Laura pourquoi elle ne jouait pas avec les autres. Laura lui répondit :

— Je préfère rester assise ici, merci Madame.

— Veux-tu regarder cela? lui demanda Mme Oleson, en posant deux livres sur ses genoux.

— Merci, Madame, répondit Laura.

Elle tourna avec précaution les pages des livres. L'un d'eux, mince et non relié, n'était pas exactement un livre, mais un petit magazine pour enfants. Sur l'épaisse couverture glacée de l'autre, était dessinée une vieille femme portant un chapeau pointu et chevauchant un balai devant une énorme lune jaune. Au-dessus de sa tête, de larges lettres disaient : **La mère l'oie.**

Laura ne savait pas qu'il existait des livres si magnifiques. On trouvait à chaque page une image et une petite strophe en vers. Laura arriva à en lire quelques-unes. Elle oublia complètement le goûter.

Soudain, elle entendit Mme Oleson qui lui disait :

— Viens, petite fille, tu ne vas pas laisser les autres manger tout le gâteau, n'est-ce pas ?

— Oui, Madame, dit Laura. Non, Madame.

Une nappe blanche et satinée couvrait la table, sur laquelle était posé un beau gâteau blanc.

— J'ai la plus grosse part, s'écria Nelly, s'emparant d'un énorme morceau.

Les autres attendirent que Mme Oleson les servît. Celle-ci mit chaque morceau sur une assiette de porcelaine.

— Est-ce que votre citronnade est assez sucrée ? demanda Mme Oleson.

Ainsi Laura apprit que les verres contenaient de la citronnade. Cette boisson qui, au début, lui sembla sucrée, lui parut amère après qu'elle eut mangé une bouchée de sa part de gâteau. Mais, toutes les fillettes répondirent poliment :

— Oui, merci Madame.

Elles faisaient bien attention à ne pas laisser tomber une miette de gâteau sur la nappe. Elles ne renversèrent pas une goutte de citronnade.

Puis, ce fut l'heure de rentrer à la maison, et Laura n'oublia pas de dire, comme Maman le lui avait recommandé :

— Merci, Madame Oleson, j'ai passé un très agréable après-midi.

Toutes les fillettes dirent de même.

Quand elles furent sorties du magasin, Christie dit à Laura :

— J'aurai souhaité que tu donnes une gifle à cette affreuse Nelly Oleson.

— Oh non, je ne pouvais pas! expliqua Laura. Mais je me vengerai! Chut! Ne dis pas à Marie ce que je viens de te dire!

Jack attendait tout seul au gué. On était samedi et Laura n'avait pas joué avec lui. Il faudrait attendre toute une semaine avant de pouvoir jouer une journée entière le long du ruisseau.

Elles racontèrent à Maman comment s'était passé l'après-midi et celle-ci leur dit :

— Il ne faut pas accepter une invitation sans la rendre. J'ai pensé que vous pourriez inviter Nelly Oleson et les autres filles à un goûter à la maison, samedi prochain.

CHAPITRE 23

LA PARTIE
DE CAMPAGNE

— Est-ce que vous viendrez à ma partie de campagne? demanda Laura à Christie, Maud et Nelly Oleson.

Marie posa la même question aux grandes filles. Elles acceptèrent toutes l'invitation.

Ce matin-là, la nouvelle maison était particulièrement jolie. On avait défendu à Jack d'aller sur le plancher briqué. Les fenêtres brillaient et les rideaux lisérés de rose resplendissaient de propreté. Laura et Marie avaient découpé de nouveaux papiers étoilés pour les étagères et Maman avait fait des gâteaux d'orgueil.

Elle les prépara avec des œufs battus et de la

farine qu'elle plongea dans une friture toute frémissante. Chaque gâteau remonta à la surface où il se mit à flotter jusqu'à ce qu'il se retournât sur lui-même, découvrant sa face boursouflée, d'une belle couleur de miel. Puis, quand l'autre partie eut gonflé à son tour et que les gâteaux furent devenus bien ronds, Maman les sortit l'un après l'autre à l'aide d'une fourchette.

Elle les rangea ensuite dans le placard car elle les réservait pour la partie de campagne.

Laura, Marie, Maman et Carrie étaient déjà habillées quand les invitées arrivèrent de la ville. Laura avait même brossé Jack bien qu'il fût toujours net et élégant dans sa courte fourrure blanche tachetée de brun.

Il descendit en courant jusqu'au gué avec Laura. Les fillettes les rejoignirent en riant et en faisant gicler l'eau ensoleillée, toutes, à l'exception de Nelly qui dut retirer ses chaussures et ses bas et qui se plaignit que le gravier lui blessait les pieds. Elle déclara :

— Je ne me promène pas nu-pieds, moi! Je mets des bas et des chaussures.

Elle portait une robe neuve et de nouveaux et énormes nœuds de rubans dans les cheveux.

— Est-ce Jack? demanda Christie, et elles se mirent à le caresser en disant que c'était un bon chien. Mais, quand il s'approcha de Nelly en remuant poliment la queue, elle s'écria :

— Va-t'en! Ne touche pas à ma robe!

— Jack n'y toucherait pas, dit Laura.

Elles remontèrent le sentier entre les herbes et les fleurs sauvages, ondulant doucement sous le vent, jusqu'à la maison où Maman les attendait. Marie lui présenta chacune des fillettes. Maman leur adressa en retour un charmant sourire et leur dit quelques mots de bienvenue. Mais, Nelly lissa sa jolie robe neuve avec les paumes de sa main et déclara à Maman :

— Bien sûr, je n'ai pas mis ma plus belle robe pour une partie de campagne!

Dès lors, Laura ne se soucia plus de ce que Maman lui avait appris et elle se moqua bien d'être punie par Papa. Elle prendrait sa revanche sur Nelly parce que celle-ci n'avait pas le droit de parler à Maman de cette façon.

Maman se contenta de sourire et assura :

— C'est une très jolie robe, Nelly. Nous sommes heureuses que tu sois venue.

Mais Laura n'était pas prête à pardonner.

Les fillettes aimèrent l'adorable maison. Elle était si pimpante, si fraîche et tout imprégnée de la bonne odeur des prairies verdoyantes alentour que des souffles de vent y déposaient. Elles grimpèrent à l'échelle et aperçurent la petite chambre mansardée de Laura et de Marie; aucune d'elles n'avait rien de semblable. Mais Nelly demanda :

— Où sont vos poupées?

Laura n'avait pas envie de montrer Charlotte, sa chère poupée en chiffons, à Nelly Oleson, c'est pourquoi elle répondit :

— Je ne joue pas à la poupée. Je joue dans le ruisseau.

Sur ce, elles allèrent dehors avec Jack. Laura leur montra les petits poussins près des meules de foin et elles regardèrent les alignements verts du jardin potager et le champ de blé aux épis serrés. Elles descendirent le talus en courant jusqu'à la rive basse du ruisseau Plum. Il y avait là le saule, le petit pont et le cours d'eau qui sortait de l'ombre du massif de pruniers et coulait plus large et moins profond au-dessus des cailloux étincelants tout en gargouillant jusqu'au petit bassin où l'on avait de l'eau jusqu'aux genoux.

Marie et les grandes filles descendirent plus lentement, amenant Carrie pour jouer avec elle. Mais Laura, Christie, Maud et Nelly relevèrent leurs jupes au-dessus de leurs genoux et allèrent patauger dans l'eau fraîche. Dérangés par leurs cris et les éclaboussures, les vairons s'éloignèrent en rangs serrés, à la recherche d'une eau plus tranquille.

Les grandes filles conduisirent Carrie patauger là où l'eau peu profonde scintillait dans le soleil et elles ramassèrent de petits cailloux le long du ruisseau. Pendant ce temps, les petites filles jouaient à chat de chaque côté du petit pont. Elles couraient dans l'herbe chaude puis, elles revenaient jouer dans l'eau. Tandis qu'elles étaient en train de s'amuser, Laura trouva soudain ce qu'elle pourrait faire à Nelly.

Elle mena les fillettes patauger près de la maison de la vieille écrevisse. Le bruit et les gerbes d'eau l'avait forcée à trouver refuge sous son caillou. Elle aperçut ses pinces menaçantes, sa tête d'un vert brun pointer et elle poussa Nelly près d'elle. Puis, à l'endroit du caillou, elle donna un coup de pied pour faire gicler l'eau, et elle s'écria :

— Oh! Nelly, Nelly, attention!

La vieille écrevisse se jeta toutes pinces dehors sur les orteils de Nelly.

— Courez! Courez! cria Laura en poussant Christie et Maud vers le petit pont, puis elle courut après Nelly. En hurlant, celle-ci s'était précipitée tout droit dans l'eau boueuse. Laura s'arrêta sur le gravier et se retourna pour observer le caillou de l'écrevisse.

— Attends, Nelly! dit-elle. Reste où tu es!

— Oh! Mais qu'est-ce que c'était? Est-ce qu'il vient par ici? demanda Nelly.

Elle avait laissé retomber le bas de sa robe qui trempait avec son jupon dans l'eau boueuse.

— C'est une vieille écrevisse, lui répondit

Laura. Avec ses pinces, elle peut couper en deux de grands bouts de bois. Elle pourrait nous couper les orteils d'un seul coup.

— Oh! Où est-elle? Est-ce qu'elle s'approche d'ici? demanda Nelly.

— Ne bouge pas! Je vais voir, dit Laura et elle s'en alla en pataugeant lentement, s'arrêta et regarda. La vieille écrevisse avait regagné son caillou, mais Laura n'en dit rien. Elle continua à marcher dans l'eau jusqu'au petit pont tandis que Nelly observait avec attention tout ce qui se passait depuis le massif de pruniers. Finalement, Laura revint et lui dit :

— Tu peux venir, maintenant.

Nelly retourna dans l'eau claire. Elle déclara qu'elle n'aimait pas cet affreux ruisseau et qu'elle ne voulait plus jouer. Elle essaya de nettoyer le bas de sa robe tachée de boue, puis de se laver les pieds. Elle poussa un cri perçant.

Des sangsues d'un brun boueux étaient collées à ses jambes et à ses pieds. N'arrivant pas à les faire partir avec l'eau, elle essaya d'en décoller une, mais aussitôt, elle se mit à courir jusqu'au bord du ruisseau en hurlant. Là, elle donna des coups de pieds de toutes ses forces, d'abord avec le pied gauche, puis avec le pied droit, sans cesser de crier.

Laura riait tellement qu'elle se laissa glisser sur l'herbe et s'y roula.

— Oh, regardez, regardez! dit-elle en riant. Regardez comme Nelly danse!

Toutes les fillettes arrivèrent en courant. Marie demanda à Laura d'enlever les sangsues, mais Laura n'écoutait pas. Elle continuait à se rouler par terre en se tordant de rire.

— Laura! dit Marie. Lève-toi et retire ces choses ou je vais le dire à Maman.

Laura commença alors à ôter les sangsues collées sur Nelly. Toutes les fillettes regardaient et poussaient des cris à chaque fois qu'elle en retirait une, et il y en avait toujours...

— Je n'aime pas votre partie de campagne, dit Nelly en pleurant. Je veux rentrer chez moi!

Maman arriva en hâte jusqu'au ruisseau pour voir qu'elle était la raison de leurs cris. Elle fit remarquer à Nelly que cela ne valait pas la peine de pleurer pour quelques sangsues, et elle ajouta qu'il était temps maintenant pour elles de venir à la maison.

La table était joliment dressée avec la plus blanche des nappes de Maman et la cruche bleue pleine de fleurs. Les bancs étaient alignés de chaque côté de la table. Un lait froid et crémeux, sortant tout droit du cellier, remplissait de fines tasses lumineuses et les gâteaux d'orgueil, d'une belle couleur de miel, s'empilaient sur le grand plat en bois.

Les gâteaux n'étaient pas sucrés, mais ils

étaient nourrissants, croustillants et creux à l'intérieur. Chacun d'eux ressemblait à une grosse bulle. Leurs miettes croquantes fondaient dans la bouche.

Elles mangèrent et remangèrent de ces gâteaux. Elles affirmèrent qu'elles n'avaient jamais rien goûté d'aussi bon, et elles demandèrent à Maman ce que c'était.

— Des gâteaux d'orgueil, leur répondit Maman. Parce qu'ils sont tout gonflés comme les gens orgueilleux, mais vides à l'intérieur.

Il y avait tant de gâteaux d'orgueil qu'elles en mangèrent à satiété et burent tout leur soûl du délicieux lait froid. Puis, la partie de campagne se termina. Toutes les fillettes, à l'exception de Nelly, dirent merci. Nelly était toujours furieuse.

Laura n'y prêta pas attention. Christie l'embrassa et lui chuchota à l'oreille :

— Je ne me suis jamais autant amusée, et Nelly n'a eu que ce qu'elle méritait!

Au plus profond d'elle-même, Laura se sentit satisfaite à la pensée de Nelly dansant sur le bord du ruisseau.

CHAPITRE 24

SUR LE CHEMIN
DE L'ÉGLISE

C'était samedi soir et Papa, assis sur le pas de la porte, fumait la pipe comme il le faisait toujours après dîner.

Laura et Marie étaient assises de chaque côté de lui. Maman tenait Carrie dans ses bras, et la berçait doucement dans l'encadrement de la porte.

Le vent soufflait à peine. Le ciel noir se prolongeait à l'infini derrière les étoiles basses et claires et le ruisseau Plum chuchotait des histoires.

— En ville, cet après-midi, on m'a dit que demain il y aurait un prêche dans la nouvelle église, déclara Papa. J'ai rencontré le prédicateur, le Révérend Alden. Il voulait être sûr que nous viendrions. Je lui ai dit que oui.

— Oh, Charles, s'exclama Maman. Il y a si longtemps que nous ne sommes allés à l'église!

Laura et Marie, quant à elles, n'avaient jamais vu d'église, mais elles savaient de la bouche de Maman que se rendre à l'église devait être encore mieux qu'une partie de campagne. Au bout d'un moment, Maman remarqua :

— Je suis si contente d'avoir terminé ma nouvelle robe!

— Tu seras aussi jolie qu'un bouquet de fleurs des champs! assura Papa. Il faudra partir de bonne heure.

Le lendemain matin fut un véritable tourbillon. On avala le petit déjeuner en un rien de temps. On fit le travail à toute vitesse et maman se dépêcha de s'habiller et d'habiller Carrie. En bas de l'échelle, elle appela d'une voix pressée :

— Descendez les filles! Que j'attache vos rubans!

Elles descendirent rapidement, puis elles s'arrêtèrent et regardèrent Maman. Elle était vraiment magnifique dans sa nouvelle robe. C'était une robe de calicot noir et blanc : une étroite bande blanche alternait avec une bande plus large de raies noires et blanches, aussi minces que des fils. Sur le devant, le haut se boutonnait par une rangée de petits boutons noirs, et la jupe était ramenée en arrière et relevée en grosses fronces bouffantes.

Un galon au point de crochet ornait le petit col droit; un autre descendait en arc sur le plastron, rehaussé par une broche en or. Le visage de Maman rayonnait : ses joues avaient un éclat de rose et ses yeux brillaient.

Elle tourna autour de Laura et de Marie et noua rapidement les nœuds de rubans à leurs tresses. Puis, elle prit la main de Carrie et ensemble, elles se dirigèrent vers la porte que Maman ferma à clef.

Carrie ressemblait à l'un des petits anges de la Bible. Sa robe et son petit chapeau, tout orné de dentelles, éclataient de blancheur. Elle ouvrait de grands yeux graves. Ses boucles dorées tombaient le long de ses joues, et ressortaient de dessous son bonnet, par-derrière.

Laura aperçut alors ses nœuds roses sur les nattes de Marie. Elle colla bien vite la main à sa bouche avant qu'un mot ne lui échappât. Elle tordit le cou en arrière pour regarder le bas de son dos. Les rubans bleus de Marie étaient noués à ses tresses.

Marie et Laura se regardèrent, mais ne dirent rien. Dans sa précipitation, Maman avait inversé les rubans. Elles espéraient qu'elle ne le remarquerait pas. Laura en avait tellement assez du rose et Marie était si fatiguée du bleu. Mais, Marie devait mettre du bleu parce qu'elle avait les cheveux blonds et Laura devait mettre du rose parce qu'elle avait les cheveux bruns.

Papa arriva de l'écurie en conduisant le chariot. Il avait étrillé Sam et David afin que leur poil brillât dans le soleil du matin. Ils allaient d'un pas fier, hochaient la tête et le vent jouait dans leurs crinières.

Une couverture propre était posée sur le siège avant et une autre étendue à l'arrière. Papa, prévenant, aida Maman à monter par-dessus la roue. Il porta Carrie dans ses bras, puis souleva rapidement Laura de terre jusque dans le chariot et ses nattes voltigèrent.

— Oh là là ! s'exclama Maman. Je me suis trompée de rubans !

— On ne le remarquera pas sur un cheval au trot, assura Papa.

Laura comprit alors qu'elle pouvait garder les rubans bleus.

Assise, près de Marie, sur la couverture propre à l'arrière du chariot, elle ramena ses tresses sur ses épaules. Marie en fit autant et elles échangèrent un sourire. Dès qu'elle baissait la tête, Laura pouvait voir du bleu, et Marie pouvait voir du rose.

Papa sifflait et quand Sam et David avancèrent, il se mit à chantonner :

Oh, le dimanche matin
Ma femme est à mes côtés
Attendant le chariot
Pour aller faire un p'tit tour !

— Charles, dit doucement Maman, pour lui rappeler que c'était dimanche. Et, tous ensemble, ils chantèrent :

Loin, loin, très loin,
Il y a une Terre Promise
Où les saints glorieux
Resplendissent comme le jour !

Le ruisseau Plum sortait de l'ombre des saules et, tout en devenant plus large, continuait de couler, régulier et étincelant, dans les rayons du soleil. Sam et David trottèrent dans l'eau peu profonde, toute dorée de lumière. Des gouttes scintillantes jaillirent et les roues firent naître une série de petites vagues. Puis, ils s'éloignèrent dans la prairie infinie.

Le chariot roulait si légèrement qu'il ne laissait presque aucune trace de son passage dans l'herbe verte. Les oiseaux chantaient leur chant matinal. Les abeilles butinaient. Les gros bourdons jaunes voltigeaient de fleur en fleur. Et on entendait les stridulations des sauterelles qui sautaient dans l'herbe.

Ils arrivèrent trop rapidement à la ville. La forge du maréchal-ferrant était fermée et silencieuse. Les portes des boutiques étaient closes. Quelques hommes et femmes bien mis marchaient avec leurs enfants endimanchés le long de la Grand-rue poussiéreuse. Ils se dirigeaient vers l'église.

L'église était une construction récente qui se trouvait à proximité de l'école. Papa y mena le chariot en passant par la prairie. L'église ressemblait à l'école, si ce n'est que son toit était rehaussé d'une petite niche vide.

— Qu'est-ce que c'est? demanda Laura.

— Ne montre pas du doigt, Laura! dit Maman. C'est un clocher.

Papa arrêta le chariot contre le grand porche de l'église. Il aida Maman à descendre. Quant à Laura et Marie, elles descendirent toutes seules sur le côté et elles attendirent là, tandis que Papa conduisait le chariot à l'ombre de l'église et y attachait Sam et David qu'il avait dételés auparavant.

Les gens arrivaient à travers l'herbe, montaient les marches et entraient dans l'église. On entendait un bruissement d'étoffes solennel et lent à l'intérieur.

Enfin, Papa arriva. Il prit Carrie dans ses bras et pénétra avec Maman dans l'église. Sans faire de bruit, Laura et Marie marchèrent derrière eux. Ils s'assirent sur l'un des longs bancs d'une rangée.

L'église ressemblait tout à fait à une école, à cette exception près : on y ressentait l'impression étrange de se trouver à l'intérieur d'une profonde caverne. Le moindre bruit résonnait contre les nouveaux murs en planches.

Un homme grand et maigre se tenait debout derrière le grand pupitre sur l'estrade. Ses vêtements étaient noirs, tout comme sa cravate, et les cheveux et la barbe qui entouraient son visage étaient également noirs. Il parlait d'une voix douce et bienveillante. Toutes les têtes s'inclinèrent. Il s'adressa à Dieu un long moment pendant lequel Laura, assise sagement, regarda les rubans bleus de ses nattes.

Tout près d'elle, une voix dit soudain :

— Venez avec moi !

Laura sursauta presque. Une jolie dame se tenait là, debout et souriant de ses doux yeux bleus. La dame répéta :

— Venez avec moi, mes petites filles ! Nous allons avoir une classe du dimanche.

Maman inclina la tête à leur attention en signe d'acquiescement si bien que Laura et Marie se laissèrent glisser en bas du banc. Elles ne se seraient jamais doutées qu'elles auraient classe un dimanche.

La dame les conduisit dans un coin. Toutes

les petites filles de l'école s'y trouvaient déjà, l'air interrogateur. La dame tira des bancs pour former un carré. Elle s'assit et plaça Laura et Christie à côté d'elle. Quand les autres se furent installées, la dame dit qu'elle s'appelait Mme Tower, et elle leur demanda leur nom. Puis, elle déclara :

— Maintenant, je vais vous raconter une histoire.

Laura se réjouit, mais Mme Tower commença :

— Il s'agit d'un petit enfant qui naquit, il y a très longtemps de cela, en Égypte : son nom est Moïse.

Alors, Laura n'écouta plus. Elle savait tout sur Moïse et son berceau de joncs. Même Carrie savait cela !

L'histoire terminée, Mme Tower sourit plus que jamais et dit :

— Si nous apprenions un verset de la Bible, maintenant? Cela ne vous ferait-il pas plaisir?

— Si, Madame! répondirent-elles en chœur.

Elle lut donc un verset de la Bible à chacune des fillettes. Elles devraient s'en souvenir et le réciter le dimanche suivant. C'était leur leçon d'école du dimanche.

Quand le tour de Laura arriva, Mme Tower la serra tendrement dans ses bras, et elle lui sourit d'une façon presque aussi chaleureuse et gentille que le faisait Maman. Elle déclara :

— Ma plus petite fille doit avoir la plus courte leçon : le plus petit verset de la Bible.

Laura sut alors lequel c'était. Mais, les yeux de Mme Tower souriaient et elle précisa :

— Il n'a que trois mots!

Elle les récita, puis demanda :

— Est-ce que tu crois que tu pourras te les rappeler pendant toute une semaine?

Les questions de Mme Tower surprenaient Laura. Vraiment, elle qui retenait par cœur de longs versets de la Bible et des chansons entières! Mais, elle ne voulut pas froisser Mme Tower, c'est pourquoi elle lui répondit :

— Oui, Madame.

— C'est bien, ma petite fille! approuva Mme Tower. Mais, Laura était déjà la petite fille de Maman.

— Je vais les répéter une nouvelle fois pour t'aider à t'en souvenir. Il n'y a que trois mots, réaffirma Mme Tower. Maintenant, peux-tu réciter le verset après moi?

Laura se sentit tout intimidée.

— Essaye! insista Mme Tower en l'encourageant.

Laura baissa la tête encore un peu plus et murmura le verset.

— C'est très bien, approuva Mme Tower. Maintenant, est-ce que tu veux bien faire de ton mieux pour te le rappeler et me le réciter dimanche prochain?

Laura fit oui de la tête.

Après cela, tout le monde se leva. Elles ouvrirent tout grand la bouche et essayèrent de chanter « Jérusalem, la lumineuse ». Peu d'entre elles en connaissaient les paroles et l'air. De pitoyables chevrotements s'élevèrent derrière Laura et lui donnèrent froid dans le dos. Elle se réjouit quand elles se rassirent enfin.

Alors, le grand homme maigre se leva et prêcha.

Laura crut qu'il ne s'arrêterait jamais de parler. Elle regarda par les fenêtres ouvertes les papillons voltiger, de-ci de-là, où bon leur semblait. Elle contempla l'herbe caressée par le vent. Elle écouta le vent gémir sur les bords du toit. Elle admira ses rubans bleus. Elle examina chacun de ses ongles et elle s'émerveilla de la façon dont les doigts de sa main s'emboîtaient bien les uns dans les autres. Elle raidit ses doigts dont la forme imita alors l'angle d'une cabane en rondins. Elle regarda les bardeaux au-dessus de sa tête. Ses jambes lui faisaient mal, à pendre ainsi sans mouvement.

Finalement, tout le monde se leva et essaya une nouvelle fois de chanter. Quand ce fut terminé, il n'y eut plus rien d'autre. On pouvait rentrer à la maison.

Le grand homme maigre se tenait debout près de la porte. C'était le Révérend Alden. Il serra la main de Maman, celle de Papa, et ils échangèrent quelques mots. Puis, il se pencha et serra la main de Laura.

Ses dents souriaient dans sa barbe noire. Ses yeux bleus vous regardaient chaleureusement. Il s'inquiéta :

— As-tu aimé la classe du dimanche, Laura ?

Et tout à coup, Laura sut qu'elle l'avait aimée. Elle répondit :

— Oui, Monsieur.

— Dans ce cas, il faut que tu viennes tous les dimanches, dit-il. Nous t'attendrons.

Laura eut la certitude qu'il l'attendrait, qu'il ne l'oublierait pas.

Sur le chemin du retour, Papa s'adressa à Maman :

— Eh bien, Caroline, n'est-ce pas merveilleux de se trouver au milieu de gens qui essaient d'avoir une conduite juste, tout comme nous nous y efforçons ?

— Oui, Charles, dit Maman avec gratitude. Ce sera une vraie fête d'y aller chaque semaine.

Papa se retourna sur son siège et demanda :

— Et vous, les petites filles, que pensez-vous de ce premier contact avec l'église ?

— Elles ne savent pas chanter, répliqua Laura.

Papa éclata d'un grand rire sonore. Puis, il expliqua :

— Personne n'avait de diapason pour donner le la.

— Charles, aujourd'hui, les gens ont tous des recueils de cantiques, fit remarquer Maman.

— Eh bien! Nous aussi, nous pourrons peut-être nous en offrir un bientôt, dit Papa.

A partir de ce jour, elles allèrent à l'école du dimanche toutes les semaines. Il se passa bien trois ou quatre dimanches avant que le Révérend Alden fût là de nouveau et fît un sermon. Le Révérend Alden habitait en réalité dans une paroisse de l'est, c'est pourquoi, il ne pouvait faire le trajet chaque semaine jusqu'à la ville.

Il n'y eut plus jamais de long, ni triste, ni ennuyeux dimanche parce qu'il y avait toujours l'école du dimanche où aller, et les interminables causeries sur ce qui s'y était passé. Les meilleurs dimanches étaient ceux où le Révérend Alden était là. Il se souvenait toujours de Laura, et elle, elle ne l'oubliait pas dans l'intervalle. Il avait surnommé Laura et Marie ses « petites filles de la prairie ».

Puis, un dimanche, tandis que Papa, Maman, Marie et Laura étaient tous attablés autour de la table du déjeuner, en train de discuter de l'école du dimanche de ce jour-là, Papa dit :

— Si je continue à fréquenter des gens bien habillés, il faut que je m'achète une nouvelle paire de bottes. Regarde!

Il tendit son pied. Sa botte était nettement fendillée à l'endroit des orteils.

Elles aperçurent le bout de sa chaussette rouge tricotée qu'une fissure laissait apparaître. Les bords du cuir étaient amincis et se recroquevillaient entre les petites fentes. Papa remarqua :

— Une autre pièce ne tiendra pas!

— Oh, Charles! Je désirais tant que tu t'achètes des bottes, soupira Maman. Et, tu as rapporté à la maison ce tissu de calicot pour ma robe!

Papa prit une décision :

196

— Je m'achèterai une nouvelle paire de bottes lorsque j'irai en ville samedi prochain. Elles me coûteront trois dollars, mais nous pourrons bien nous arranger d'une manière ou d'une autre jusqu'à la prochaine récolte de blé.

Toute cette semaine-là, Papa fit les foins. Il aida M. Nelson à rentrer son foin, en échange de quoi, celui-ci lui prêta une bonne et rapide faucheuse. Il dit que c'était un temps magnifique pour faire les foins. Il n'avait jamais vu d'été si sec et si chaud.

Laura détestait aller à l'école. Elle voulait être dehors, dans les champs, avec Papa, à regarder la merveilleuse machine et ses longs couteaux cliquetant derrière les roues et coupant l'herbe laissée en andains.

Le samedi matin, elle alla au champ sur le chariot et aida Papa à charger le foin qui restait encore. Ensemble, ils contemplèrent le champ de blé dont les tiges, plus hautes que Laura, s'élevaient au-dessus du champ fauché. Le haut des tiges était hérissé d'épis, courbés sous le poids du blé mûrissant. Ils en cueillirent trois, longs et gros, et les rapportèrent à la maison pour les montrer à Maman.

Papa dit qu'une fois le blé moissonné, ils seraient en mesure de rembourser leurs dettes et que l'argent ne leur ferait plus défaut. Papa pourrait acheter un boghei, Maman, une robe en soie, ils auraient tous de nouvelles chaussures et mangeraient de la viande de bœuf chaque dimanche.

Après le déjeuner, Papa revêtit une chemise propre et sortit trois dollars de son étui à violon. Papa allait en ville acheter ses bottes, et s'y rendait à pied parce que les chevaux avaient travaillé toute la semaine et qu'il désirait les laisser se reposer.

Il rentra à la maison, tard dans l'après-midi. Laura l'aperçut sur le talus et elle monta en courant suivie de Jack, depuis la maison de la vieille écrevisse dans le ruisseau jusqu'à la maison.

Maman s'activait à retirer du four la fournée de pain du samedi.

— Où sont tes bottes, Charles? demanda-t-elle.

— Eh bien, Caroline, répondit Papa, j'ai rencontré Frère Alden qui m'a raconté qu'il n'arrivait pas à récolter suffisamment d'argent pour pouvoir acheter une cloche pour l'église. En ville, les gens avaient déjà donné tout ce qu'ils avaient pu, et il manquait juste trois dollars. Je les lui ai donnés.

— Oh! Charles! fut tout ce que put dire Maman.

Papa examina sa botte trouée.

— Je la réparerai, déclara-t-il. Je peux encore

la faire tenir tant bien que mal. Et sais-tu? D'ici, nous entendrons très nettement sonner la cloche.

Maman se retourna rapidement vers le four, et Laura, la gorge serrée, sortit en silence s'asseoir sur les marches. Elle aurait tant voulu que Papa ait de bonnes bottes neuves.

— Ne te tracasse pas, Caroline, entendit-elle dire par Papa. Il n'y a pas si longtemps à attendre jusqu'à ce que j'aie moissonné le blé.

CHAPITRE 25

LE NUAGE
SCINTILLANT

A présent, le blé était prêt pour la moisson.

Chaque jour, Papa l'examinait. Chaque soir, il en parlait et montrait à Laura quelques épis longs et droits. Les gros grains durcissaient dans leurs petites bales. Papa assura que c'était un temps idéal pour moissonner.

— Si le temps se maintient, dit-il, nous commencerons la moisson la semaine prochaine.

Il faisait très chaud. Le ciel haut et clair brûlait trop pour se laisser regarder. Des nappes d'air s'élevaient de toute la prairie comme au sortir d'un four chaud. A l'école, les enfants soufflaient comme des lézards et un liquide collant suintait le long des murs en bois de pin.

Samedi matin, Laura alla avec Papa observer le blé. Il était presque aussi haut que Papa. Celui-ci la fit monter sur ses épaules de sorte qu'elle pût contempler à loisir les lourds épis se courbant en vagues vertes et or au-dessus du champ.

Le soir, pendant le repas, Papa en fit la description à Maman. Il n'avait jamais vu une telle récolte. On pouvait compter quarante boisseaux à l'acre et le blé valait un dollar le boisseau. Ils étaient riches maintenant. C'était un pays merveilleux. Dorénavant, on ne manquerait plus de rien à la maison. Laura écouta et pensa qu'à présent, Papa pourrait s'acheter de nouvelles bottes.

Elle s'assit face à la porte ouverte et la lumière du soleil l'inonda. Cependant, quelque chose semblait en atténuer l'éclat. Laura se frotta les yeux et regarda de nouveau. Le soleil était réellement voilé et il se voila de plus en plus jusqu'à ce qu'il n'y eût plus de soleil du tout.

— Je crois qu'un orage se prépare, dit Maman. Des nuages doivent cacher le soleil.

Papa se leva rapidement et alla à la porte. Un orage abîmerait le blé. Il regarda dehors attentivement et sortit.

La lumière était étrange. Elle ne ressemblait pas à celle qui précédait un orage. L'air n'était

201

pas oppressant comme il l'était avant un orage. Sans savoir pourquoi, Laura eut peur.

Elle courut dehors, à l'endroit où Papa contemplait le ciel. Maman et Carrie sortirent aussi et Papa demanda :

— Qu'en penses-tu, Caroline?

Un nuage cachait le soleil, mais il ne ressemblait à aucun des nuages qu'ils avaient vus jusqu'alors. On aurait dit un nuage de gros flocons de neige, minces et brillants. La lumière filtrait à travers chaque particule scintillante.

Le vent ne soufflait pas. L'herbe ne remuait pas et l'air chaud était suspendu, cependant le bord du nuage se déplaçait plus vite que le vent. Les poils de Jack se hérissèrent. Tout à coup, il aboya après le nuage, puis gronda et glapit.

Paf! Quelque chose frappa la tête de Laura et rebondit sur le sol. Elle regarda par terre et aperçut la plus grosse sauterelle qu'elle eût jamais vue. D'énormes sauterelles brunes se mirent alors à sauter sur le sol tout autour d'elle, heurtant sa tête, son visage et ses bras. Elles tombaient avec un bruit mat comme la grêle.

Il grêlait des sauterelles. Le nuage était un nuage de sauterelles. Leurs corps avaient caché le soleil, provoquant l'obscurité. Leurs longues ailes fines luisaient et scintillaient. L'air était rempli du crissement strident de leurs ailes et elles s'abattaient sur le sol et la maison avec le bruit de la grêle.

Laura essaya de les repousser. Leurs pattes s'accrochaient à sa peau et à sa robe. Elles la regardaient de leurs yeux protubérants en tournant la tête de droite et de gauche. Marie se précipita en hurlant à l'intérieur de la maison. Les sauterelles recouvraient le plancher : il n'y avait plus un seul endroit où poser le pied. Laura dut marcher sur les sauterelles qui s'écrasèrent sous ses pieds avec un son visqueux.

Maman ferma les fenêtres qui claquèrent tout autour de la maison. Papa arriva et se tint dans l'encadrement de la porte, regardant dehors, Laura et Jack serrés contre lui. Les sauterelles tombaient du ciel et grouillaient sur le sol. Elles avaient replié leurs longues ailes et sautaient sur leurs pattes puissantes... L'air vrombit et le toit continua de résonner comme sous l'effet d'un abat de grêle.

A ce moment-là, Laura entendit un nouveau bruit, un bruit perçant de grignotements et de cisaillements.

— Le blé! cria Papa.

Il s'élança dehors par la porte de derrière et courut jusqu'au champ de blé.

Les sauterelles mangeaient. On ne peut pas entendre manger une sauterelle à moins d'en attraper une et d'écouter attentivement pendant qu'on lui donne un petit brin d'herbe à grignoter. Mais à présent, il s'agissait de millions et de millions de sauterelles qui mangeaient en même temps et l'on pouvait entendre les milliers de mâchoires mastiquer.

Papa se dirigea en courant vers l'étable. A travers la fenêtre, Laura le vit atteler Sam et David au chariot.

Aussi vite que possible, il se mit à charger le vieux foin sale du tas de fumier dans le chariot. Maman courut dehors, saisit l'autre fourche et l'aida. Puis, Papa conduisit le chariot jusqu'au champ de blé et Maman suivit derrière.

Papa fit le tour du champ, jetant de petits tas de fumier sur son chemin. Maman se penchait

au-dessus de chacun d'eux et un filet de fumée s'en échappait qui s'épaississait peu à peu. Maman alluma tous les tas l'un après l'autre. Laura regarda jusqu'à ce qu'une fumée épaisse cachât le champ, Maman, Papa et le chariot.

Les sauterelles continuaient à tomber du ciel. La lumière était encore trouble car les sauterelles voilaient toujours le soleil.

Maman rentra dans la maison et elle retira sa jupe et son jupon dans l'appentis. Elle tua les sauterelles qu'elle en fit sortir. Elle avait allumé des feux tout autour du champ de blé. La fumée empêcherait peut-être les sauterelles de manger le blé.

Maman, Marie et Laura étaient à l'abri dans

la maison close, mais l'atmosphère y était suffocante. Carrie était si petite qu'elle pleurait même dans les bras de Maman. Elle pleura tant et tant qu'elle finit pourtant par s'endormir. A travers les murs, on percevait le bruit que faisaient les sauterelles en mangeant.

L'obscurité se dissipa. Le soleil brilla de nouveau. Partout, le sol grouillait de sauterelles. Elles dévoraient toute l'herbe tendre de la berge. Les hautes herbes de la prairie oscillaient, se courbaient et tombaient.

— Oh, regarde! dit tout bas Laura qui se tenait à la fenêtre.

Les sauterelles s'étaient posées sur les saules et mangeaient leurs feuilles, les réduisant à de minces brindilles nues. Puis, des branches entières de saule furent dépouillées de leurs feuilles et recouvertes d'une multitude de sauterelles.

— Je ne veux pas en voir davantage, gémit Marie, et elle s'écarta de la fenêtre.

Laura non plus ne voulait plus regarder mais c'était plus fort qu'elle.

Les poules étaient drôles. Les deux poules et leurs poulets maladroits avalaient toutes les sauterelles qu'ils pouvaient. D'habitude, ils avaient beau allonger le cou et courir le plus vite possible après les sauterelles, ils ne parvenaient pas à les attraper. Mais cette fois, dès qu'ils tendaient le cou, ils en attrapaient une. Ils n'en revenaient pas. Le cou tendu, ils essayaient de courir dans toutes les directions à la fois.

— Eh bien, nous n'aurons pas besoin d'acheter du grain pour les poules, remarqua Maman. A quelque chose malheur est bon.

Les allées du jardin potager étaient complètement saccagées. Les pommes de terre, les carottes, les betteraves et les haricots avaient été mangés de même que les longues feuilles des tiges de maïs. Quant aux aigrettes du maïs et aux jeunes épis de blé dans leurs bales vertes, ils s'effondraient sur le sol, recouverts de sauterelles.

Il n'y avait rien ni personne qui pût faire quelque chose.

La fumée masquait toujours le champ de blé. Parfois Laura apercevait Papa. Il ranimait les feux qui s'éteignaient et une épaisse fumée le cachait de nouveau à ses yeux.

Quand ce fut l'heure d'aller chercher Spot, Laura enfila ses bas, ses chaussures et mit un châle sur sa tête. Spot se trouvait dans l'ancien gué du ruisseau Plum, la peau secouée de frissons et battant la queue. Maussade, le troupeau se déplaçait en meuglant du côté de la vieille maison souterraine. Laura était certaine que le bétail ne pouvait brouter une herbe pleine de sauterelles et si les sauterelles mangeaient toute l'herbe, le bétail mourrait alors de faim.

Les sauterelles pullulaient sous le jupon, sur la robe et sur le châle de Laura. Elle ne cessait de les chasser de son visage et de ses bras. Ses chaussures et les sabots de Spot les écrasaient.

Coiffée d'un châle, Maman sortit pour traire. Laura l'aida. Elles n'arrivaient pas à protéger le lait des sauterelles. Maman avait apporté un morceau de tissu pour couvrir le seau mais elles ne pouvaient le maintenir dessus pendant que le lait tombait dedans. Maman ôta les sauterelles avec une petite tasse.

Les sauterelles pénétrèrent dans la maison avec elles. Leurs vêtements étaient pleins de sauterelles. Quelques-unes sautèrent dans le four chaud où Marie commençait déjà à cuire le repas. Maman couvrit la nourriture jusqu'à ce qu'elle eût chassé et écrasé toutes les sauterelles. Elle les balaya et les jeta dans le four.

Papa arriva à temps à la maison pour le dîner tandis que Sam et David prenaient leur propre repas. Maman ne lui posa pas de question sur le blé. Elle se contenta de sourire en disant :

— Ne te tourmente pas, Charles. Nous nous en sommes toujours sortis.

Papa avait la gorge serrée et Maman lui dit :

— Prends une autre tasse de thé, Charles. Cela aidera à dissiper la fumée dans ta gorge.

Quand Papa eut bu son thé, il retourna dans

le champ de blé avec un nouveau chargement de vieux foin et de fumier.

Dans leur lit, Laura et Marie pouvaient toujours entendre le bruit strident des sauterelles en train de mastiquer. Laura sentait des pattes marcher sur son corps. Il n'y avait pas de sauterelle dans le lit, mais elle ne pouvait chasser l'impression laissée sur ses bras et sur ses joues. Dans le noir, elle voyait leurs yeux protubérants et elle sentait leurs pattes fourmiller sur elle jusqu'à ce qu'elle s'endormît enfin.

Le lendemain matin, Papa ne se trouvait pas en bas. Il avait travaillé toute la nuit pour garder les feux allumés et ne vint pas prendre son petit déjeuner. Il travaillait encore.

La prairie était méconnaissable. Les herbes n'ondulaient plus. Elles jonchaient le sol par poignées. Avec le soleil levant, les hautes herbes qui s'étaient affaissées çà et là dessinaient des trous d'ombre dans la prairie.

Les saules étaient dénudés. Dans les massifs de pruniers, seuls quelques noyaux pendaient aux branches nues. Le bruit de crissement et de grignotement des sauterelles en train de manger continuait.

A midi, Papa sortit de la fumée sur le chariot. Il conduisit Sam et David à l'étable et revint à la maison en marchant lentement. Son visage était noir de fumée et ses yeux étaient rouges. Il accrocha son chapeau au clou derrière la porte et s'assit à la table.

— Ça ne sert à rien, Caroline dit-il. La fumée ne les arrête pas. Elles continuent de s'abattre sur le champ et il en vient de tous les côtés en sautant. Le blé tombe maintenant. Elles le coupent comme une faux et elles le mangent, la paille et tout le reste.

Il posa ses coudes sur la table et cacha son visage dans ses mains. Laura et Marie ne bougeaient pas. Seule Carrie, sur sa chaise haute, faisait du bruit avec sa cuiller et essayait d'attraper le pain avec sa menotte. Elle était trop petite pour comprendre.

— Ne te fais pas de souci, dit Maman. Nous avons déjà traversé bien des moments difficiles.

Laura baissa les yeux sous la table vers les bottes rapiécées de Papa et sa gorge se serra. Papa ne pourrait plus s'acheter de bottes neuves.

Papa retira les mains de son visage. Il prit sa fourchette et son couteau. Sa barbe souriait mais ses yeux ne brillaient pas. Ils étaient sombres et tristes.

— Ne te tracasse pas, Caroline, dit-il. Nous avons fait tout ce que nous avons pu et nous trouverons bien le moyen de nous sortir de là.

Laura se souvint alors que la maison n'était pas payée. Papa avait dit qu'il la rembourserait une fois qu'il aurait moissonné le blé.

Le repas se passa en silence et quand il fut terminé, Papa s'étendit à même le sol et s'endormit. Maman glissa un oreiller sous sa tête et posa un doigt sur ses lèvres pour inciter Laura et Marie à rester sages.

Elles amenèrent Carrie dans la chambre et la gardèrent silencieuse avec leurs poupées de papier. Le seul bruit était celui que faisaient les sauterelles en mangeant.

Jour après jour, les sauterelles poursuivirent leur interminable repas. Elles mangèrent tout le blé et toute l'avoine. Tout ce qui était vert, elles le mangèrent, tout le jardin potager et toute l'herbe de la prairie.

— Oh! Papa! Que vont devenir les lapins? s'inquiéta Laura. Et les pauvres oiseaux?

— Regarde autour de toi, Laura! répondit Papa.

Tous les lapins étaient partis. Les petits oiseaux qui venaient se percher sur le haut des herbes étaient partis, eux aussi. Les seuls oiseaux qui restaient étaient ceux qui mangeaient les sauterelles. Quant aux poules des prairies, elles couraient, le cou tendu, gobant les sauterelles sur leur passage.

Quand le dimanche arriva, Papa, Laura et Marie se rendirent à pied à l'école du dimanche. Le soleil brillait de son plus vif éclat et chauffait si fort que Maman décida qu'elle resterait à la maison avec Carrie et Papa laissa Sam et David dans l'étable fraîche.

Il n'avait pas plu depuis si longtemps que Laura traversa le ruisseau Plum sur des pierres sèches. Tout la prairie était nue et brune. On entendait le bruissement d'ailes de millions de sauterelles brunes au-dessus d'elle.

Nulle part, on ne pouvait apercevoir quoi que ce soit de vert.

Tout le long du chemin, Laura et Marie repoussèrent les sauterelles. Quand elles arrivèrent à l'église, leurs jupes étaient recouvertes de sauterelles brunes. Elles les ôtèrent et les secouèrent avant d'entrer. Mais, aussi soigneuses qu'elles fussent, les sauterelles avaient répandu un jus couleur de tabac sur leur plus jolie robe du dimanche.

Rien ne pourrait faire partir ces horribles taches. Elles devraient porter leur plus jolie robe avec ces traînées brunes dessus.

Beaucoup de gens de la ville repartaient vers l'est. Christie et Cassie devaient s'en aller également. Laura dit au revoir à Christie et Marie à Cassie, leurs deux meilleures amies.

Laura et Marie ne retournèrent plus à l'école. Elles devaient ménager leurs chaussures pour l'hiver et elles ne supportaient pas de marcher nu-pieds sur les sauterelles. De toute façon, l'école allait bientôt fermer et Maman assura qu'elle leur donnerait des leçons durant l'hiver de manière qu'elles n'aient pas de retard quand l'école rouvrirait ses portes au printemps prochain.

Papa travailla avec M. Nelson et gagna en retour l'usage de sa charrue. Il se mit à labourer le champ dévasté en vue de la prochaine récolte de blé.

CHAPITRE 26

LES ŒUFS
DE SAUTERELLES

Un jour, Jack et Laura descendirent jusqu'au ruisseau. Marie aimait à s'asseoir, lire et faire du calcul sur l'ardoise, mais Laura s'en était lassée. Tout était si triste à l'extérieur de la maison qu'elle n'aimait plus beaucoup non plus aller jouer dehors.

Le ruisseau Plum était presque à sec. Seul un filet d'eau ruisselait sur le sable caillouteux. Le saule dénudé n'ombrageait plus le petit pont. Sous le massif de pruniers, dépouillé de ses feuilles, l'eau était sale. La vieille écrevisse s'en était allée.

La terre sèche était chaude, le soleil brûlait et

le ciel avait l'aspect rougeâtre du cuivre. La stridulation des sauterelles s'était confondue avec la chaleur. Il n'y avait plus de bonnes odeurs.

Laura vit alors une chose étrange. La berge était recouverte de sauterelles immobiles et plongeant leurs queues dans le sol. Même quand Laura les poussa avec un bâton, elles ne bougèrent pas.

Elle en délogea une du trou au-dessus duquel celle-ci se tenait et, avec son petit bâton, elle déterra une chose grise qui avait la forme d'un gros ver mais qui ne bougeait pas. Elle ne savait pas ce que c'était. Jack renifla et lui non plus ne sut que penser.

Laura prit la direction du champ de blé pour interroger Papa. Mais, Papa ne labourait pas. Sam et David étaient seuls avec la charrue et Papa arpentait la terre qui n'était pas labourée en l'observant. Puis, Laura le vit se diriger vers la charrue et la dégager du sillon. Il ramena Sam et David à l'étable, la charrue au repos.

Laura savait que seul quelque chose de terrible pouvait arrêter Papa dans son travail au beau milieu de la matinée. Elle se rendit à l'étable le plus rapidement possible. Sam et David étaient dans leur box et Papa retirait leur harnais trempé de sueur. Il sortit sans sourire à Laura. Elle le suivit en marchant lentement derrière lui jusque dans la maison.

Maman leva les yeux vers Papa et s'exclama :

— Charles! Que se passe-t-il encore?

— Les sauterelles sont en train de pondre leurs œufs, dit Papa. Le sol est rempli d'alvéoles dans lesquels elles les déposent. Regarde dans l'arrière-cour et tu verras les trous où elles enterrent leurs œufs à quelques centimètres de profondeur. Il y en a sur toute la surface du champ de blé. Partout. Il n'y a pas un pouce de terrain où il n'y en ait pas.

— Regarde!

Il sortit l'une de ces choses grises de sa poche et la posa à plat sur sa main.

— C'est une coque d'œufs de sauterelles. J'en ai ouvert plusieurs. Chaque coque contient trente-cinq à quarante œufs. Il y a une coque dans chaque trou et une vingtaine de trous au mètre carré dans toute la région.

Maman se laissa tomber sur une chaise, les bras ballants, sans force.

— Nous n'avons pas plus de chance de faire une récolte l'an prochain que nous n'en avons de voler, déclara Papa. Quand ces œufs vont éclore, il ne restera pas un brin vert dans toute cette partie du monde.

— Oh! Charles! dit Maman. Que faire?

Papa s'effondra sur un banc et soupira :

— Je ne sais pas.

Le visage de Marie apparut entre ses nattes qui se balancèrent au bord de la trappe. Elle regarda Papa et Maman puis jeta un regard anxieux à Laura qui leva les yeux vers elle. Sans bruit, Marie descendit alors l'échelle et s'adossa contre le mur tout près de Laura.

Papa se releva. Ses yeux sombres s'éclairèrent d'une lumière sauvage qui ne ressemblait en rien au scintillement que Laura leur connaissait.

— Mais, je suis sûr d'une chose, Caroline, proféra-t-il. Ce ne sont pas ces maudites saute-relles qui nous arrêteront! Nous ferons quelque chose! Tu verras! Nous nous sortirons de là.

— Oui, Charles, dit Maman.

— Et pourquoi pas? dit Papa. Nous sommes en bonne santé. Nous avons un toit et une bien meilleure situation que beaucoup d'autres gens. Prépare le déjeuner, Caroline. Je vais en ville. Je trouverai une solution. Ne te fais pas de souci!

Pendant son absence, Maman, Marie et Laura préparèrent un bon dîner à son attention. Maman fit chauffer une casserole de lait sur et confectionna d'appétissantes boulettes de fromage campagnard. Marie et Laura coupèrent en tranches des pommes de terre froides bouillies et Maman fit une sauce pour les accompagner. Elles agrémentèrent le tout de pain, de beurre et de lait.

Puis, elles lavèrent et peignèrent leurs

217

cheveux. Elles enfilèrent leur plus belle robe et attachèrent leurs nœuds de rubans dans les cheveux. Elles revêtirent Carrie de sa robe blanche et nouèrent le collier indien autour de son cou. Quand Papa apparut sur la butte, Maman, Marie, Laura et Carrie étaient fin prêtes.

Ce fut un joyeux dîner. Quand ils eurent avalé la dernière bouchée, Papa repoussa son assiette en disant :

— Eh bien, Caroline.

— Oui, Charles, dit Maman.

— Il n'y a qu'une seule chose à faire, déclara Papa. Je pars demain matin dans l'Est.

— Oh, Charles! Non! s'écria Maman.

— Tout va bien, Laura, dit Papa.

Il voulait dire par là :

— Ne pleure pas!

Et Laura ne pleura pas.

— A quelque deux cents kilomètres d'ici vers l'est, on ne trouve plus de sauterelles. Là-bas, il y a des récoltes. Y aller, c'est la seule chance pour moi de trouver un travail. Comme dans l'Ouest tous les hommes sont à la recherche d'un gagne-pain, je dois partir vite.

— Si tu penses que c'est la meilleure solution, dit Maman. Les filles et moi, nous pouvons nous débrouiller seules. Mais, oh Charles, ce sera une si longue route pour toi!

— Allons donc! Qu'est-ce que quelques centaines de kilomètres? répliqua Papa. Mais, il jeta un coup d'œil à ses vieilles bottes rapiécées. Laura savait qu'il se demandait si elles pourraient tenir pour une si longue route.

— Quelques centaines de kilomètres ne peuvent m'arrêter! assura-t-il.

Il sortit alors son violon de l'étui et joua un long moment dans le crépuscule tandis que Laura et Marie se tenaient assises près de lui et que Maman berçait Carrie.

Il joua *Au Pays de Dixie* et *Nous nous rallierons autour du drapeau, les gars!* Il chanta :

> *Oh, Susanna, ne pleure pas pour moi!*
> *Je pars en Californie,*
> *Ma battée sur les genoux!*

Il joua aussi « Les Campbells arrivent, Hourra! Hourra! » et « Chérissons la vie ». Puis, Papa rangea son violon. Il devait se coucher de bonne heure pour partir très tôt le lendemain matin.

— Prends bien soin du vieux violon, Caroline, recommanda-t-il à Maman. Il met de la joie au cœur d'un homme.

A l'aube, après le petit déjeuner, Papa les embrassa et partit. Une chemise et une paire de chaussettes de rechange étaient roulées dans sa vareuse qu'il mit sur son épaule. Juste avant de traverser le petit pont, il jeta un coup d'œil en arrière et leur fit un signe de la main. Puis, il poursuivit sa route sans plus se retourner. Jack se blottit contre Laura.

Après son départ, elles restèrent un moment silencieuses, puis Maman dit avec entrain :

— Il faut que nous prenions bien soin de tout maintenant, les filles. Marie et Laura, dépêchez-vous d'aller conduire la vache jusqu'au troupeau !

Maman rentra vivement dans la maison avec Carrie pendant que Laura et Marie couraient pour faire sortir Spot de l'étable et la conduire au ruisseau. Il ne restait plus un brin d'herbe vert dans la prairie et le bétail ne pouvait qu'errer sur les rives du ruisseau en mangeant les bourgeons des saules, les massifs de pruniers ainsi qu'un peu d'herbe sèche qui restait de l'été dernier.

CHAPITRE 27

LA PLUIE

Après le départ de Papa, tout était triste et monotone. Laura et Marie ne pouvaient même pas compter les jours jusqu'à son retour. Elles ne pouvaient que l'imaginer marchant de plus en plus loin avec ses bottes rapiécées.

Jack était un chien calme maintenant et son museau blanchissait. Il regardait souvent la route déserte par où Papa avait disparu. Il soupirait et s'allongeait sans la quitter des yeux. Mais il ne croyait pas vraiment que Papa allait revenir.

La prairie dévastée et morte s'étendait sous le ciel brûlant. Des tourbillons de poussière s'élevaient et tournoyaient au-dessus d'elle. La ligne d'horizon semblait ramper, tel un serpent. Maman expliqua que cela était dû aux vagues d'air chaud.

La maison était le seul endroit où l'on trouvait un peu d'ombre. Les saules et les bosquets de pruniers avaient perdu leurs feuilles. Le ruisseau Plum s'était asséché : il restait juste un peu d'eau dans les trous. Le puits était à sec et la vieille source près de la maison souterraine ne coulait plus que goutte à goutte. Maman déposa un seau en dessous pour qu'il se remplît durant la nuit. Le matin, elle le rapportait à la maison et en laissait un autre à la place pour qu'il se remplît durant la journée.

Une fois leurs tâches de la matinée accomplies, Maman, Marie, Laura et Carrie s'asseyaient à l'intérieur de la maison. Le vent desséchant soufflait en sifflant et le bétail ne cessait de beugler.

Spot était maigre. Ses os ressortaient et des trous s'étaient creusés autour de ses yeux. Elle passait ses journées à mugir avec les autres bêtes du troupeau à la recherche de quelque chose à brouter. Elles avaient mangé tous les petits arbrisseaux le long du ruisseau et rongé toutes les branches de saules qu'elles pouvaient atteindre. Le lait de Spot devenait amer et elle en donnait chaque jour un peu moins.

Sam et David restaient à l'étable. On ne pouvait pas leur donner autant de foin qu'ils voulaient parce que les réserves devaient durer jusqu'au printemps prochain. Quand Laura les conduisait le long du lit asséché du ruisseau jusqu'à l'ancien trou d'eau, ils retroussaient avec dégoût leurs naseaux au-dessus de l'eau chaude et sale, mais ils étaient bien forcés de la boire. Les vaches et les chevaux, eux aussi, devaient prendre leur mal en patience.

Samedi après-midi, Laura alla chez les Nelson pour voir s'il n'y avait pas de lettre de Papa. Elle prit le sentier de l'autre côté du petit pont. Il ne serpentait plus à travers des endroits agréables. Il conduisait seulement chez M. et Mme Nelson.

La maison de M. Nelson était longue et basse et ses murs en planches étaient blanchis à la chaux. Un toit épais fait de foin recouvrait l'étable en mottes gazonnées qui, elle aussi, était longue et basse. Ni la maison, ni l'étable ne ressemblaient à ce que Papa avait construit. Elles étaient tapies contre le sol, adossées à une dénivellation de la prairie et on aurait dit qu'elles parlaient norvégien.

L'intérieur de la maison brillait comme un sou neuf. Le grand lit était gonflé de plumes tout comme les énormes oreillers. Au mur était accroché un ravissant tableau représentant une dame habillée de bleu. Son cadre était doré. Une moustiquaire en tulle rose clair recouvrait le tableau et le cadre pour les protéger des mouches.

Il n'y avait pas de lettre de Papa. Mme Nelson promit que M. Nelson redemanderait au bureau de poste le samedi suivant.

— Merci, Madame, dit Laura et elle refit à la hâte le chemin du retour. Puis, en traversant le petit pont, elle se mit à marcher plus lentement et de plus en plus lentement en grimpant la butte.

Maman déclara :

— Ce n'est pas grave. Il y aura certainement une lettre samedi prochain.

Mais, le samedi suivant, il n'y eut pas de lettre.

Elles n'allaient plus à l'école du dimanche. La route était trop longue pour Carrie et celle-ci était trop lourde pour que Maman la portât. Laura et Marie devaient ménager leurs chaussures. Elles ne pouvaient pas se rendre à l'école du dimanche pieds nus et si elles usaient leurs chaussures, elles n'en auraient plus pour l'hiver.

C'est pourquoi, le dimanche, elles mettaient leur plus jolie robe, mais ni chaussures ni nœuds de rubans. Marie et Laura récitaient des versets de la Bible à Maman qui leur faisait la lecture de certains passages.

Un dimanche, elle leur lut le passage sur le

fléau des locustes qui survint en des temps bibliques. Les locustes étaient des sauterelles. Maman lut :

« *Et les sauterelles montèrent sur le pays d'Égypte et se posèrent dans toute l'étendue de l'Égypte ; elles étaient en si grande quantité qu'il n'y avait jamais eu et qu'il n'y aurait jamais rien de semblable. Elles couvrirent la surface de toute la terre, et la terre fut dans l'obscurité ; elles dévorèrent toute l'herbe de la terre et tout le fruit des arbres, tout ce que la grêle avait laissé ; et il ne resta aucune verdure aux arbres, ni à l'herbe des champs, dans tout le pays d'Égypte.* »

Laura savait combien cela était vrai. En répétant ces versets, elle pensa :

— Dans toute l'étendue du Minnesota.

Maman leur lut alors la promesse que Dieu fit à son peuple de le « mener hors de ce pays à travers une terre vaste et fertile jusqu'à un pays découlant de lait et de miel ».

— Oh! Où est-ce, Maman? questionna Marie et Laura demanda :

— Comment la terre peut-elle découler de lait et de miel?

Elle n'avait pas envie de marcher dans le lait et le miel.

Maman reposa la grosse Bible sur ses genoux et réfléchit. Puis, elle leur dit :

— Eh bien, votre Papa pense que ce doit être ici, dans le Minnesota.

— Comment cela est-il possible? s'exclama Laura.

— Ce le sera peut-être un jour, si nous persévérons, répondit Maman. Sais-tu, Laura? Si de bonnes vaches laitières broutaient l'herbe dans toute cette région, elles donneraient beaucoup de lait, et alors, la terre découlerait de lait. Et si les abeilles butinaient toutes les fleurs sauvages, alors la terre découlerait de miel.

— Oh! dit Laura. Je suis contente que nous n'ayons pas à marcher dedans.

Carrie frappa la Bible de ses petits poings et cria :

— J'ai chaud! Ça me gratte!

Maman prit Carrie dans ses bras mais celle-ci la repoussa en pleurnichant :

— T'es chaude!

Des boutons de chaleur irritaient la peau de la pauvre petite Carrie. Laura et Marie transpiraient dans leurs petites chemises, leurs pantalons, leurs jupons, leurs robes aux cols montants et aux manches longues et leurs ceintures qui les serraient à la taille.

Carrie avait soif, mais elle repoussa la timbale et fit la grimace en disant :

— Pouah!

— Tu ferais mieux de boire, lui conseilla

Marie. Moi aussi, je voudrais quelque chose de frais, mais ce n'est pas possible.

— J'aimerais boire de l'eau de puits, dit Laura.

— J'aimerais avoir un petit glaçon, renchérit Marie.

Laura ajouta :

— J'aimerais être un Indien pour ne pas avoir à porter de vêtements.

— Laura! dit Maman. Et un dimanche encore!

Laura pensa :

— C'est pourtant vrai.

L'odeur de bois de la maison était suffocante. La sève coulait le long des rainures brunes des planches de pin et séchait en petites bulles jaunes et dures. Le vent ne cessait de souffler et le bétail de mugir :

— Meuh! Meuh!

Jack se retourna et poussa un long soupir.

Maman soupira aussi et dit :

— Je donnerais presque n'importe quoi pour un peu d'air frais.

A cet instant précis, un souffle d'air s'engouffra dans la maison. Carrie arrêta de pleurnicher. Jack releva la tête et Maman demanda :

— Les filles, avez-vous...?

Un second souffle d'air entra.

Maman sortit dehors par l'appentis vers le

côté ombragé de la maison. Laura lui emboîta le pas suivie de Marie qui amenait Carrie. A l'extérieur, c'était une vraie fournaise. Le vent chaud brûla le visage de Laura.

Au nord-ouest, un nuage était suspendu dans le ciel. Ce n'était qu'un petit nuage dans l'immense ciel aux reflets cuivrés. Mais c'était tout de même un nuage et il projetait une traînée d'ombre sur la prairie. On avait l'impression que cette ombre se déplaçait mais ce n'était peut-être que les vagues de chaleur. Non, il s'approchait vraiment.

— Oh! Par pitié, viens par ici! pensa tout bas Laura de toutes ses forces.

La main en visière sur leurs yeux, Maman, Laura et Marie se tenaient immobiles, regardant le nuage et son ombre.

Le nuage s'approcha. Il s'élargit jusqu'à devenir une épaisse bande sombre au-dessus de la prairie. Ses bords s'arrondissaient en grosses nuées. A présent, elles pouvaient sentir venir jusqu'à elles des bouffées d'air frais mêlées à des souffles d'air plus chauds que jamais.

Des tourbillons de poussière s'élevaient au-dessus de la prairie et tournoyaient en d'effrayantes spirales. Le soleil de plomb dardait toujours ses rayons sur la terre craquelée et alvéolée. L'ombre du nuage était encore loin.

Soudain, un éclair blanc zigzagua et un rideau gris tomba du nuage où il resta accroché, cachant le ciel derrière lui. C'était la pluie. Un grondement de tonnerre éclata.

— Il tonne trop loin d'ici, dit Maman. Je crains que la pluie ne vienne pas jusqu'à nous. Quoi qu'il en soit, l'air s'est rafraîchi.

L'odeur de la pluie et les souffles d'air frais se mêlèrent aux vents chauds.

— Oh! La pluie va peut-être venir jusqu'ici, Maman. Peut-être va-t-elle venir, dit Laura.

Et au fond d'elles-mêmes, Maman, Marie et Laura se répétaient :

— Oh! Par pitié, faites qu'elle vienne jusqu'ici!

Le vent devenait plus frais. Lentement, lentement, l'ombre du nuage s'élargissait. A présent, le nuage s'étendait très loin dans le ciel. Soudain, l'ombre courut sur la terre plate, sur le haut de la berge et presque aussitôt, la pluie tomba. Elle arriva sur la berge, semblable au trépignement de milliers et de milliers de petits pieds en marche et elle tomba sur la maison, sur Maman, Marie, Laura et Carrie.

— Rentrez vite! cria Maman.

L'appentis résonnait sous les gouttes de pluie. Un air frais se propagea à travers l'atmosphère suffocante de la maison. Maman ouvrit la porte de devant. Elle tira les rideaux et ouvrit les fenêtres.

Une odeur âcre s'exhalait de la terre, mais la pluie la dissipa en tombant. La pluie tambourinait sur le toit et tombait à verse des gouttières. La pluie lava l'air qu'elle rendit agréable à respirer et un air délicieux envahit la maison. Laura se sentit plus légère et sa peau se détendit.

Des courants d'eau boueuse couraient rapidement sur le sol dur, se déversaient dans ses fissures et les remplissaient d'eau. Les filets d'eau se précipitaient dans les trous où se trouvaient les œufs de sauterelles et les inondaient, y déposant une mince couche de boue lisse. Dans le ciel, les éclairs traçaient de rapides lignes de feu et le tonnerre grondait.

Carrie tapait des mains et criait; Marie et Laura dansaient et riaient. Jack se trémoussait et gambadait comme un jeune chiot. Il regarda la pluie tomber dehors par chacune des fenêtres et quand le tonnerre éclatait, il aboyait après lui :

— Qui a peur de toi?

— Je crois bien qu'il va pleuvoir jusqu'au coucher du soleil, remarqua Maman.

Juste avant le coucher du soleil, la pluie cessa. Le nuage vogua au-dessus du ruisseau Plum, puis s'éloigna au loin dans la prairie, vers l'est, ne laissant que quelques gouttes d'eau miroiter dans les derniers rayons du soleil. Puis, dans le ciel clair, le nuage vira au mauve et ses bords ourlés se teintèrent de reflets rouges et or. Le soleil se coucha et les étoiles surgirent une à une. L'air était frais et la terre humide et reconnaissante.

Le seul souhait de Laura était que Papa fût là.

Le jour suivant, un soleil de plomb se leva. Le ciel était cuivré et les vents arides. Avant la nuit, de petits brins d'herbe se redressèrent.

En quelques jours, une bande verte se profila à travers la prairie brune. L'herbe poussa là où la pluie était tombée et les bêtes affamées du troupeau la broutèrent. Chaque matin, Laura mettait Sam et David à l'attache afin qu'eux aussi pussent profiter de la bonne herbe.

Le bétail cessa de mugir. On ne vit plus les os de Spot. Elle donna plus de lait et c'était un lait délicieux. La berge reverdit, les saules et les pruniers se recouvrirent de petites feuilles.

CHAPITRE 28

LA LETTRE

Tout le long de la journée, Laura s'ennuyait de Papa et la nuit, quand le vent soufflait solitaire au-dessus de la terre sombre, le chagrin la submergeait.

Au début, Laura parlait de Papa ; elle se demandait combien de kilomètres il avait parcouru ce jour-là ; elle espérait que ses vieilles bottes rapiécées tenaient bon et s'inquiétait de savoir où il avait dormi cette nuit-là. Puis, Laura ne parla plus de Papa à Maman. Maman pensait tout le temps à lui et elle n'aimait pas en parler ni même compter les jours jusqu'au samedi.

— Le temps passera plus vite, dit-elle, si nous pensons à autre chose.

Tous les samedis, Maman, Laura et Marie espéraient que M. Nelson trouverait une lettre de Papa au bureau de poste de la ville. Laura et Jack faisaient un long bout de chemin sur la route de la prairie pour aller à la rencontre de M. Nelson et de son chariot. Les sauterelles avaient tout dévoré et, maintenant, elles s'en allaient, non pas en un gros nuage comme elles étaient venues, mais par petits groupes isolés. Toutefois, il en restait encore des millions.

Il n'y avait pas de lettre de Papa.

— Ça ne fait rien, dit Maman. Une lettre finira bien par arriver.

Un samedi, alors que Laura montait lentement la berge, toujours sans lettre, elle pensa :

— Et si aucune lettre n'arrivait jamais?

Elle essaya de ne plus penser à une telle éventualité, mais sans y réussir. Un jour, en regardant Marie, Laura comprit que celle-ci pensait à la même chose.

Ce soir-là, Laura ne put s'empêcher de demander à Maman :

— Papa reviendra à la maison, n'est-ce pas?

— Bien sûr que Papa reviendra à la maison! s'exclama Maman.

Laura et Marie comprirent alors que Maman aussi s'inquiétait de ce qui avait pu lui arriver.

Peut-être ses bottes étaient-elles tombées en morceaux et allait-il nu-pieds, clopinant. Peut-être Papa avait-il été blessé par un troupeau ou peut-être avait-il été renversé par un train. Papa n'avait pas emporté son fusil : peut-être les loups l'avaient-ils attaqué, à moins qu'une nuit, dans les forêts profondes, un puma, du haut d'un arbre n'eût bondi sur lui.

Le samedi suivant, dans l'après-midi, au moment où Laura s'apprêtait à partir à la rencontre de M. Nelson en compagnie de Jack, elle l'aperçut traversant le petit pont. Il tenait quelque chose de blanc à la main. Laura dévala la berge en courant. La chose blanche était une lettre.

— Oh, merci, merci, dit Laura.

Elle remonta si vite à la maison qu'elle en eut le souffle coupé.

Maman était en train de laver le visage de Carrie. Elle prit la lettre dans ses mains tremblantes et mouillées et s'assit.

— C'est de Papa, dit-elle.

Ses mains tremblaient tellement qu'elle put à peine retirer une épingle de ses cheveux. Elle déchira l'enveloppe et en sortit la lettre. Elle la déplia et trouva un billet de banque à l'intérieur.

— Papa va bien, déclara Maman.

Elle cacha son visage dans son tablier et pleura.

Son visage humide émergea de son tablier, tout illuminé de joie. Elle continua à sécher ses larmes pendant qu'elle lisait la lettre à Marie et Laura.

Papa avait marché pendant presque cinq cents kilomètres avant de trouver un travail. Maintenant, il travaillait dans les champs de blé et gagnait un dollar par jour. Il envoyait cinq dollars à Maman et en gardait trois pour s'acheter de nouvelles bottes. Les récoltes étaient bonnes, là où il se trouvait, et si Maman et les filles pouvaient continuer à se débrouiller seules, il resterait aussi longtemps qu'il y aurait du travail.

Maman, Marie et Laura s'ennuyaient de Papa et elles désiraient ardemment son retour ; mais il était sain et sauf et à l'heure qu'il était, il devait déjà avoir de nouvelles bottes. Elles furent très heureuses ce jour-là.

CHAPITRE 29

L'HEURE LA PLUS SOMBRE EST JUSTE AVANT L'AUBE

Maintenant, le vent s'était rafraîchi et, à midi, le soleil n'était plus aussi brûlant. Le matin, il faisait frais et les sauterelles sautaient sans entrain jusqu'à ce que le soleil les eût réchauffées.

Un beau matin, la terre fut recouverte d'une gelée épaisse. Chaque brindille et chaque copeau se trouvèrent drapés d'un duvet blanc qui brûlait les pieds nus de Laura. Elle découvrit des millions de sauterelles complètement inertes.

En quelques jours, il ne resta plus une seule sauterelle nulle part.

L'hiver approchait et Papa n'était pas rentré.

Le froid était vif. Le vent ne sifflait plus; il rugissait et râlait. Le ciel était gris et une pluie froide et grise tombait. La neige succéda à la pluie et Papa n'était toujours pas là.

Laura devait mettre ses chaussures quand elle sortait dehors, mais elles lui faisaient mal aux pieds. Elle ne savait pas pourquoi. Ces chaussures ne l'avaient jamais blessée auparavant. Marie aussi avait mal aux pieds dans ses chaussures.

Tout le bois que Papa avait coupé avait été utilisé et Marie et Laura ramassaient les copeaux épars. Le froid brûlait leur nez et leurs doigts tandis qu'elles cherchaient les petits morceaux de bois dans le sol gelé. Emmitouflées dans leur châle, elles furetaient sous les saules, ramassant les petites branches mortes qui ne donnaient qu'un pauvre feu.

Puis, un après-midi, Mme Nelson vint en visite. Elle amena sa petite fille Anna avec elle.

Mme Nelson était une jolie femme potelée. Elle avait les cheveux aussi blonds que ceux de Marie, les yeux bleus et, quand elle riait, ce qui lui arrivait souvent, elle découvrait deux rangées de dents d'une blancheur éclatante. Laura l'aimait bien mais cela ne lui faisait pas plaisir de voir Anna.

Anna était un peu plus grande que Carrie, mais elle ne comprenait pas un seul des mots que Laura et Marie prononçaient. Anna parlait norvégien de sorte que Laura et Marie ne la comprenaient pas non plus. Ce n'était pas amusant de jouer avec elle et, l'été, quand Mme Nelson et Anna venaient, Marie et Laura descendaient en courant jusqu'au ruisseau. Mais maintenant, il faisait froid. Elles devaient rester dans la maison chauffée et jouer avec Anna comme Maman le leur avait demandé.

— Eh bien, les filles, dit Maman. Allez chercher vos poupées et jouez gentiment avec Anna.

Laura apporta la boîte où se trouvaient les poupées de papier que Maman avait découpées dans du papier d'emballage et elles s'assirent par terre pour jouer près de la porte ouverte du four. Anna rit à la vue des poupées de papier. Elle plongea la main dans la boîte et en sortit une dame en papier qu'elle déchira en deux.

Laura et Marie furent horrifiées. Carrie faisait des yeux ronds. Maman et Mme Nelson poursuivaient leur conversation sans remarquer Anna qui riait en agitant les deux moitiés de la dame en papier. Laura remit le couvercle sur la boîte des poupées de papier, mais Anna se lassa vite de la dame en papier déchirée et elle voulut en prendre une autre. Laura ne savait que faire et Marie non plus.

Si Anna n'obtenait pas ce qu'elle voulait, elle

se mettait à crier. Anna était petite et c'était leur invitée. Elles ne devaient pas la faire pleurer. Mais si on lui donnait les poupées de papier, elle les déchirerait toutes. Marie chuchota alors :

— Va chercher Charlotte. Anna ne peut pas l'abîmer.

Pendant que Marie surveillait Anna, Laura grimpa à toute vitesse à l'échelle. Sa chère Charlotte reposait dans sa boîte sous l'avant-toit. Sa bouche en fil rouge et ses yeux en boutons de bottes souriaient. Laura la souleva doucement, lissa sa chevelure ondoyante de fils noirs et déplissa ses jupes. Parce que c'était une poupée de chiffons, Charlotte n'avait pas de pieds et ses mains étaient simplement cousues au bout plat de ses bras. Mais Laura l'aimait tant.

Charlotte était devenue très chère à Laura depuis un certain matin de Noël dans les Grands Bois du Wisconsin.

Laura descendit l'échelle avec sa poupée et, quand elle la vit, Anna poussa de grands cris. Laura mit délicatement Charlotte dans les bras d'Anna qui l'étreignit, mais étreindre Charlotte ne pouvait l'abîmer. Laura regarda anxieusement Anna qui tirait sur les yeux en boutons de bottes de Charlotte, sur ses cheveux de fil et qui alla même jusqu'à la frapper contre le sol. Mais Anna ne pouvait pas vraiment faire de mal à Charlotte et Laura se promettait de défroisser ses jupes et de remettre de l'ordre dans ses cheveux quand Anna s'en irait.

Finalement, cette longue visite prit fin. Mme Nelson rentrait chez elle avec Anna. C'est alors qu'une chose terrible arriva. Anna ne voulait pas rendre Charlotte. Peut-être pensait-elle que Charlotte lui appartenait et peut-être expliqua-t-elle à sa mère que Laura la lui avait donnée. Mme Nelson sourit. Laura essaya de reprendre Charlotte et Anna se mit à hurler.

— Je veux ma poupée, dit Laura.

Mais Anna se cramponnait à Charlotte en donnant des coups de pied et criait à tue-tête.

— N'as-tu pas honte, Laura? protesta Maman. Anna est petite. C'est notre invitée et tu es trop grande pour jouer à la poupée. Laisse-lui!

Laura dut obéir à Maman. Elle regarda par la fenêtre et vit Anna sautiller en descendant la berge et balancer Charlotte en la tenant par un bras.

— N'as-tu pas honte, Laura, répéta Maman. Une grande fille comme toi qui boude pour une poupée de chiffons. Arrête tout de suite. Tu ne veux pas de cette poupée, d'ailleurs, tu ne jouais presque plus avec elle. Ne sois pas aussi égoïste.

Laura monta à l'échelle et s'assit sur sa boîte près de la fenêtre. Elle ne pleura pas mais elle avait le cœur brisé parce que Charlotte était partie. Papa n'était pas là et la boîte de Charlotte était vide. Le vent gémissait en passant dans les gouttières. Tout était vide et glacé.

— Je suis désolée, Laura, lui dit Maman ce soir-là. Je n'aurais pas laissé partir ta poupée si j'avais su que tu y tenais tant. Mais on ne doit pas seulement penser à soi. Songe au plaisir que tu as fait à Anna.

Le lendemain matin, M. Nelson apporta dans son chariot un chargement du bois de Papa qu'il avait coupé. Il avait travaillé toute la journée à fendre du bois pour Maman et la pile de bois s'élevait de nouveau.

— Tu vois comme M. Nelson est bon pour nous, fit remarquer Maman. Les Nelson sont vraiment de bons voisins. N'es-tu pas contente d'avoir donné ta poupée à Anna?

— Non, Maman, répondit Laura.

Son cœur ne cessait de pleurer à la pensée de Papa et de Charlotte.

Des pluies froides tombèrent de nouveau et il gela. Elles ne reçurent plus de lettre de Papa. Maman pensait qu'il devait déjà s'être mis en route pour la maison. La nuit, Laura écoutait le vent et elle se demandait où se trouvait Papa. Souvent, le matin, la neige vierge recouvrait la pile de bois et Papa n'était toujours pas rentré. Chaque samedi après-midi, Laura mettait ses bas et ses chaussures. Elle s'enveloppait dans le grand châle de Maman et elle allait chez les Nelson.

Elle frappait à la porte et demandait si M. Nelson n'avait pas de lettre pour Maman. Elle n'entrait pas car elle ne voulait pas voir Charlotte dans cet endroit. Mme Nelson lui répondait qu'il n'y avait pas de lettre. Laura la remerciait et rentrait à la maison.

Un jour d'orage, Laura aperçut quelque chose dans la basse-cour de M. et Mme Nelson. Elle s'approcha et découvrit Charlotte, noyée dans l'eau gelée d'une flaque. Anna l'avait jetée là.

Laura eut beaucoup de mal à marcher jusqu'à la porte. Elle put à peine parler à Mme Nelson. Celle-ci lui expliqua que le temps était si mauvais que M. Nelson ne s'était pas rendu en ville mais qu'il irait certainement la semaine prochaine. Laura la remercia et elle s'en alla.

Une pluie mêlée de neige tombait sur Charlotte. Anna l'avait scalpée. Les beaux cheveux ondulants de Charlotte avaient été arrachés et le fil souriant de ses lèvres faisait une tache rouge sang sur sa joue. Il lui manquait un œil, mais c'était Charlotte.

Laura la ramassa et la cacha sous son châle. Tout le long du chemin qui la séparait de la maison, elle courut à perdre haleine dans le vent courroucé et la neige fondue. A la vue de Laura, Maman, effrayée, se leva en sursaut.

— Que se passe-t-il? Que se passe-t-il? Dis-moi! s'écria Maman.

— M. Nelson n'est pas allé en ville, répondit Laura. Mais, oh Maman, regarde!

— Que diable est-ce donc? demanda Maman.

— C'est Charlotte, répondit Laura. Je, je l'ai volée. Je l'ai volée, Maman, mais cela m'est égal.

— Là, là, calme-toi, dit Maman. Approche-toi et raconte-moi tout. Elle s'assit dans le fauteuil à bascule et attira Laura dans ses bras.

Maman décida que Laura n'avait pas mal agi

en reprenant Charlotte. Celle-ci avait vécu une expérience terrible, mais Laura l'avait sauvée et Maman promit de la rendre aussi belle qu'avant.

Maman lui enleva les dernières touffes de cheveux arrachés, le fil rouge de sa bouche, l'œil qui lui restait ainsi que son visage. Elles dégelèrent Charlotte, l'essorèrent et Maman la lava soigneusement tandis que Laura choisissait pour elle un nouveau visage rose et de nouveaux boutons pour ses yeux dans le sac à chiffons.

Cette nuit-là, quand Laura monta se coucher, elle allongea Charlotte dans sa boîte. Charlotte était propre et toute pimpante. Sa bouche rouge souriait, ses yeux brillaient et deux nœuds de fil bleu étaient noués à ses minuscules tresses brunes aux reflets d'or.

Laura se blottit contre Marie sous le dessus-de-lit en patchwork. Le vent déchaîné mugissait et la pluie mêlée de neige tombait sur le toit avec un bruit sourd. Il faisait si froid que Laura et Marie remontèrent le dessus-de-lit au-dessus de leur tête.

Un fracas épouvantable les réveilla. Effrayées, elles tendirent l'oreille sous le dessus-de-lit. Puis, elles entendirent une voix qui du rez-de-chaussée criait très fort.

— Par exemple! J'ai fait tomber cette brassée de bois!

Maman riait.

— Tu l'as fait exprès, Charles, pour réveiller les filles.

Laura sauta en bas de son lit et dévala l'échelle en criant. Elle sauta dans les bras de Papa, imitée par Marie. Il s'ensuivit un beau vacarme de paroles, de rires et de sauts de joie.

Les yeux bleus de Papa pétillaient. Ses cheveux étaient raides et il portait de nouvelles bottes. Il avait parcouru plus de trois cents kilomètres depuis l'est du Minnesota et il arrivait de la ville qu'il avait quittée de nuit, affrontant la tempête. Et il était là!

— N'avez-vous pas honte, les filles, en chemise de nuit! dit Maman. Allez vous habiller! Le petit déjeuner est bientôt prêt.

Elles s'habillèrent plus vite qu'elles ne l'avaient jamais fait auparavant. Elles se précipitèrent en bas de l'échelle et se jetèrent au cou de Papa. Elles se lavèrent les mains, le visage et se jetèrent de nouveau à son cou. Elles se coiffèrent et sautèrent une nouvelle fois au cou de Papa. Jack frétillait de la queue en tournant sur lui-même et Carrie frappait la table avec sa cuiller en chantant :

— Papa est revenu à la maison!

Finalement, ils se retrouvèrent tous autour de la table. Papa raconta qu'il avait été trop occupé, surtout vers la fin, pour pouvoir leur écrire. Il déclara :

— Ils nous laissaient toute la journée, courbés sur cette maudite batteuse, depuis l'aube jusqu'après la tombée de la nuit. Et quand j'ai pu enfin reprendre le chemin du retour, je n'ai pas voulu m'arrêter pour écrire. Je ne vous ai pas rapporté de cadeaux, mais j'ai un peu d'argent pour vous en offrir.

— Tu ne peux pas nous faire de plus beau cadeau que d'être de retour parmi nous, assura Maman.

Après le petit déjeuner, Papa alla voir les bêtes. Elles l'accompagnèrent. Jack marchait sur ses talons. Papa se réjouit de constater comme les bêtes avaient l'air en bonne santé. Il affirma qu'il n'en aurait pas mieux pris soin qu'elles ne l'avaient fait. Maman lui dit que Marie et Laura l'avaient beaucoup aidée.

— Sapristi! s'exclama Papa. C'est bon de se retrouver chez soi!

Puis, il demanda :

— Qu'est-ce que tu as aux pieds, Laura?

Laura avait oublié ses pieds. Elle pouvait marcher sans boiter quand elle y pensait.

Elle répondit :

— Mes chaussures me font mal, Papa.

A la maison, Papa s'assit et prit Carrie sur ses genoux. Puis, il se pencha et examina les chaussures de Laura.

— Mes orteils sont serrés, s'exclama-t-elle.

— C'est le moins que l'on puisse dire! dit Papa. Tes pieds ont grandi depuis l'hiver dernier. Et les tiens, Marie?

Marie dit que ses orteils aussi étaient à l'étroit.

— Enlève tes chaussures, Marie, dit Papa. Laura va les mettre.

Les chaussures de Marie ne blessaient pas les pieds de Laura. C'était de bonnes chaussures qui n'étaient ni déchirées ni trouées.

— Une fois que je les aurai bien graissées, elles paraîtront comme neuves, assura Papa. Marie doit avoir de nouvelles chaussures. Laura peut mettre celles de Marie et celles de Laura iront bientôt à Carrie. Maintenant, quoi d'autre, Caroline? Pense à ce dont nous avons besoin et nous achèterons ce que nous pourrons. Le temps que j'attelle les chevaux et nous partons à la ville!

CHAPITRE 30

EN VILLE

Comme elles se hâtèrent et se pressèrent alors! Elles s'habillèrent de leurs meilleurs vêtements d'hiver, s'enveloppèrent dans leurs manteaux et dans leurs châles et grimpèrent dans le chariot. Un pâle soleil brillait et l'air glacé mordait leur nez. La neige à moitié fondue étoilait le sol gelé.

Papa était assis sur le siège de devant, Maman et Carrie blotties contre lui. Laura et Marie s'emmitouflèrent dans leurs châles et se serrèrent l'une contre l'autre sur la couverture au fond du chariot. Jack s'assit sur le pas de la porte et les regarda partir; il savait qu'ils reviendraient bientôt.

Même Sam et David semblaient comprendre que tout était rentré dans l'ordre maintenant que Papa était de retour. Ils trottèrent gaiement jusqu'à ce que Papa criât : « Ho! » et les mit à l'attache devant la boutique de M. Fitch.

En premier lieu, Papa remboursa à M. Fitch la somme qu'il lui devait pour les planches en bois qui avaient servi à la construction de la maison. Ensuite, Papa paya la farine et le sucre que M. Nelson avait apportés à Maman pendant son absence. Enfin, il compta l'argent qui restait et Maman et lui achetèrent des chaussures à Marie.

Les chaussures avaient l'air si neuves et brillaient tant aux pieds de Marie que Laura trouva cela injuste que Marie fût l'aînée. Les vieilles chaussures de Marie iraient toujours à Laura et Laura n'aurait jamais de chaussures neuves. Maman dit alors :

— Maintenant, une robe neuve pour Laura.

Laura rejoignit en hâte Maman au comptoir où M. Fitch étalait de belles pièces de tissu de laine.

L'hiver précédent, Maman avait lâché toutes les coutures de la robe d'hiver de Laura. Mais, cet hiver, elle était très courte malgré tout; et il y avait des trous aux manches à l'endroit où les coudes de Laura étaient passés au travers parce que la robe était trop étriquée. Maman les avait rapiécées avec soin et les pièces ne se voyaient pas, mais Laura se sentait à l'étroit dans cette robe raccommodée. Pourtant, elle n'avait pas espéré de robe neuve.

— Que penses-tu de cette flanelle d'un brun doré, Laura? demanda Maman.

Laura ne pouvait pas parler mais M. Fitch déclara :

— Je suis convaincu que cela lui ira très bien.

Maman posa un étroit galon rouge sur le tissu brun doré en disant :

— Je pense qu'il faudrait trois rangées de ce galon autour de l'encolure, des poignets et de la taille. Qu'en dis-tu, Laura? Cela ne serait-il pas ravissant?

— Oh oui, Maman, répondit Laura.

Elle releva la tête et ses yeux brillants rencontrèrent les yeux bleu clair de Papa.

— Achète-le, Caroline, acquiesça Papa.

M. Fitch mesura la belle flanelle et le galon rouge.

Puis, il fallut une robe pour Marie, mais elle ne trouvait rien à son goût dans ce magasin. Aussi, traversèrent-ils la rue jusqu'à la boutique de M. Oleson. Là, ils trouvèrent la flanelle bleu foncé et l'étroit galon doré dont Marie avait envie.

Marie et Laura étaient en train d'admirer l'étoffe que M. Oleson mesurait quand Nelly

Oleson entra. Elle portait une petite cape de fourrure.

— Bonjour! dit-elle, puis elle renifla la flanelle bleue avec condescendance.

Elle dit que c'était parfait pour des gens qui habitaient la campagne. Elle se tourna alors pour montrer sa fourrure et dit :

— Regardez ce qu'on m'a offert.

Elles la regardèrent et Nelly demanda :

— N'as-tu pas envie d'une cape en fourrure, Laura? Mais c'est vrai que ton Papa ne pourrait pas te l'acheter. Ton Papa n'est pas un marchand.

Laura n'osa pas gifler Nelly. Elle était tellement en colère qu'elle ne put dire un mot. Elle lui tourna le dos et Nelly sortit en riant.

Maman acheta un chaud tissu de laine pour faire un manteau à Carrie. Papa acheta des fèves, de la farine de blé et de maïs, du sel, du sucre et du thé. Puis, il dut faire remplir le bidon de pétrole et s'arrêta devant le bureau de poste. Midi était largement passé et il commençait à faire froid alors qu'ils se trouvaient toujours en ville de sorte que Papa pressa Sam et David qui trottèrent rapidement jusqu'à la maison.

Après avoir lavé et rangé la vaisselle du déjeuner, Maman ouvrit les paquets et ils s'extasièrent sur les belles étoffes.

— Je vais faire vos robes le plus vite possible,

les filles, promit Maman... Puisque maintenant Papa est à la maison, nous pourrons tous retourner à l'école du dimanche.

— Où est ton chaly gris, Caroline? demanda Papa.

Maman rougit et elle baissa la tête sous le regard de Papa.

— Tu ne veux pas dire que tu ne l'as pas acheté? dit Papa.

— Et où est ton nouveau pardessus, Charles?, lui rétorqua Maman.

Papa eut l'air embarrassé.

— Je sais, Caroline, reconnut-il. Mais, il n'y aura pas de récolte l'année prochaine avec ces œufs de sauterelles qui vont éclore et il se passera beaucoup de temps avant que je ne retrouve du travail à la moisson prochaine. Mon vieux manteau est bien assez bon.

— C'est exactement ce que j'ai pensé, dit Maman en lui souriant.

Après le dîner, quand la lampe s'alluma à la nuit tombée, Papa sortit son violon de l'étui et l'accorda avec amour.

— Il m'a manqué, avoua-t-il en les regardant.

Puis, il se mit à jouer. Il chanta de nombreuses chansons parmi lesquelles « Ma vieille maison du Kentucky » et « Rivière Swanee ». Enfin, il les accompagna pendant qu'elles chantaient :

*Quoique nous puissions errer de plaisir en
château,
Aussi humble soit-elle, rien ne remplacera
notre maison.*

CHAPITRE 31

LA SURPRISE

Ce fut un nouvel hiver doux et sans beaucoup de neige. Il faisait toujours un temps de saute-relles. Mais, des vents froids soufflaient, le ciel était gris et la meilleure place pour des petites filles se trouvait dans la maison douillette.

Papa sortait toute la journée. Il transportait de grosses bûches qu'il fendait en menu bois pour le four. Il remontait le ruisseau Plum gelé très loin vers l'amont, là où personne n'habitait, et posait des pièges le long des rives pour attraper des rats musqués, des loutres et des visons.

Tous les matins, Laura et Marie étudiaient

dans leur livre et faisaient du calcul sur l'ardoise. Tous les après-midi, Maman leur faisait réciter leurs leçons. Elle dit qu'elles étaient de bonnes petites élèves. Maman était certaine que lorsque Marie et Laura retourneraient à l'école, elles s'apercevraient qu'elles n'avaient pas pris de retard sur leur classe.

Tous les dimanches, elles allaient à l'école du dimanche. Laura voyait Nelly parader dans sa petite cape de fourrure. Elle se souvint de ce que Nelly avait dit à propos de Papa et son sang bouillonna de colère. Elle savait que ce sentiment était mauvais. Elle savait qu'elle devait oublier Nelly de crainte de ne jamais pouvoir être un ange. Elle se forçait à penser aux images des très beaux anges de la Bible recouverte de papier qui se trouvait à la maison. Mais ils portaient de longues chemises de nuit blanches. Aucun d'eux n'avait de petite cape en fourrure.

Le jour où le Révérend Alden vint de l'est du Minnesota pour prêcher dans cette église de l'Ouest, fut un joyeux dimanche. Son sermon dura un long moment pendant lequel Laura regarda ses doux yeux bleus et sa barbe ondoyante. Elle espéra qu'il lui parlerait après l'office. Et il lui parla.

— Voici mes petites filles de la campagne, Marie et Laura, dit-il.

Il se souvenait de leurs noms.

Ce jour-là Laura portait sa nouvelle robe. La jupe était suffisamment longue et les manches aussi. Cela faisait paraître plus courtes que jamais les manches de son manteau, mais le galon rouge aux poignets était ravissant.

— Quelle jolie robe neuve, Laura, dit le Révérend Alden.

Laura oublia presque Nelly ce jour-là. Puis, il y eut à nouveau d'autres dimanches pendant lesquels le Révérend Alden resta dans son église lointaine, et, à l'école du dimanche, Nelly Oleson regardait Laura de haut en faisant balancer ses épaules sous la cape de fourrure. Laura sentit à nouveau la méchanceté bouillonner dans ses veines.

Un après-midi, Maman leur dit qu'il n'y aurait pas de leçon parce qu'ils devaient tous se préparer pour aller en ville cette nuit-là. Laura et Marie s'étonnèrent.

— Mais nous n'allons jamais en ville la nuit! s'écria Marie.

— Il doit toujours y avoir une première fois, rétorqua Maman.

— Mais pourquoi doit-il y en avoir une? demanda Laura. Pourquoi allons-nous en ville cette nuit?

— C'est une surprise, répondit Maman. Et maintenant, plus de question. Nous devons prendre un bain et nous faire belles.

En milieu de semaine, Maman apporta le baquet à lessive et chauffa de l'eau pour le bain de Marie. Puis, elle chauffa de l'eau pour le bain de Laura et elle chauffa une nouvelle fois de l'eau pour le bain de Carrie. Il n'y avait jamais eu autant de toilettes faites, de courses joyeuses, de changements de pantalons et de jupons, de brossages de chaussures, de chevelures coiffées et de rubans noués. Il n'y avait jamais eu autant de mystère.

On dîna de bonne heure. Après le repas, Papa prit un bain dans la chambre. Laura et Marie revêtirent leur robe neuve. Elles s'étaient résolues à ne plus poser de questions, mais elles s'étonnaient et chuchotaient entre elles.

Le chariot était rempli de foin propre. Papa déposa Marie et Laura dessus et les enveloppa dans les couvertures. Il monta sur le siège à côté de Maman et prit la direction de la ville.

Les étoiles étaient petites et glaciales dans le ciel noir. Les sabots des chevaux et les roues du chariot résonnaient sur le sol gelé.

Papa entendit quelque chose d'autre. « Ho! » dit-il en tirant sur les rênes. Sam et David s'arrêtèrent. Il n'y avait rien d'autre que l'immensité froide et noire et le silence piqueté d'étoiles. Un son merveilleux se détacha alors dans le silence.

Deux notes claires s'élevèrent et résonnèrent.

Personne ne bougeait. Seuls, Sam et David faisaient tinter leurs mors et soufflaient. Les deux notes continuèrent à retentir, pleines et claironnantes, douces et basses. On avait l'impression que ce chant descendait des étoiles.

Trop vite, Maman murmura :

— Nous ferions mieux d'y aller, Charles.

Et le chariot reprit sa route. A travers le bruit qu'il faisait, Laura distinguait toujours les notes ondulantes.

— Oh Papa, qu'est-ce que c'est? demanda-t-elle.

Papa répondit :

— C'est la nouvelle cloche de l'église, Laura.

C'était pour elle que Papa avait gardé ses vieilles bottes rapiécées.

La ville semblait endormie. Papa passa devant les boutiques qui n'étaient pas éclairées. Laura s'exclama alors :

— Oh! Regardez l'église! Comme elle est jolie!

L'église était toute illuminée. La lumière coulait à flots de ses fenêtres et ruissela dans l'obscurité quand la porte s'ouvrit pour laisser entrer quelqu'un. Laura faillit se lever d'un bond mais elle se souvint à temps qu'elle ne devait pas se tenir debout dans le chariot tant que celui-ci n'était pas immobile.

Papa conduisit jusqu'au perron de l'église et

les aida à descendre. Il leur dit d'entrer mais elles attendirent dans le froid qu'il eût recouvert Sam et David de leurs couvertures. Il arriva enfin et ils pénétrèrent tous ensemble dans l'église.

Laura ouvrit la bouche toute grande et elle écarquilla les yeux devant ce qu'elle voyait. Elle serra très fort la main de Marie et elles suivirent Maman et Papa. Ils s'assirent. Laura regarda alors de tous ses yeux.

Devant les bancs bondés se dressait un arbre. Laura décida que ce devait être un arbre. Il avait un tronc et des branches, mais elle n'en avait jamais vu de semblable.

Là où il y aurait dû avoir des feuilles en été, fleurissaient des bouquets et des serpentins de fin papier vert. De nombreux petits sacs de gaze pendaient un peu partout. Laura était presque sûre que ce qu'elle apercevait dedans étaient des bonbons. Des paquets enveloppés de papier de couleur étaient suspendus aux branches. Il y en avait de toutes les couleurs : des rouges, des roses, des jaunes et chacun d'eux était entouré de ruban de couleur. Des écharpes de soie glissaient autour d'eux. Des moufles rouges étaient accrochées par le cordonnet que l'on passait autour de son cou pour ne pas les perdre. Une paire de chaussures était suspendue par les talons à une branche et du pop-corn

blanc s'enroulait en chapelets tout autour de l'arbre.

Sous l'arbre et appuyées contre lui se trouvaient toutes sortes de choses. Laura aperçut une planche à laver polie et bosselée, un bac en bois, une baratte, une beurrière, un traîneau fait de bois neuf, une pelle et une fourche.

Laura était trop excitée pour parler. Elle serra la main de Marie de plus en plus fort et elle leva les yeux vers Maman, remplie du désir de savoir ce que c'était. Maman lui sourit et répondit :

— C'est un arbre de Noël, les filles. Le trouvez-vous joli?

Laura et Marie ne pouvaient pas répondre. Elles hochèrent la tête sans quitter le bel arbre des yeux. Que ce fût Noël les surprit à peine bien qu'elles ne s'y fussent pas attendues si tôt car il n'y avait pas assez de neige. Juste à ce moment-là, Laura aperçut la plus belle chose de tout. D'une branche de l'arbre pendait une petite cape en fourrure et le manchon assorti.

Le Révérend Alden était là. Il fit un sermon sur Noël mais Laura regardait l'arbre et elle n'entendit pas un mot de ce qu'il dit. Tout le monde se leva pour chanter et Laura se leva mais elle ne put chanter. Aucun son ne sortit de sa bouche. Dans le monde entier, il n'y avait rien de plus beau à contempler que cet arbre.

Après les chants, M. Tower et M. Beadle

commencèrent à retirer des choses de l'arbre et à lire des noms. Mme Tower et Mlle Beadle passaient à travers les bancs et donnaient les paquets à la personne dont le nom était inscrit dessus.

Chaque chose qui se trouvait sur cet arbre était un cadeau de Noël pour quelqu'un.

Quand Laura comprit cela, les lampes, les gens, les voix et même l'arbre se mirent à tourner. Cela tourna de plus en plus vite, de plus en plus fort et Laura était de plus en plus excitée. Quelqu'un lui tendit un sac de gaze rose. Il y avait bien des bonbons à l'intérieur et une grosse boule de pop-corn en plus. Marie en eut une aussi. Puis, Marie reçut une paire de moufles bleues et Laura une paire rouge.

Maman ouvrit un grand paquet qui contenait un grand châle écossais marron et rouge. Papa reçut un cache-nez en laine. Puis, on donna à Carrie une poupée de chiffons avec une tête en porcelaine. Elle cria de joie. A travers les rires, les bavardages et les froissements de papier, M. Beadle et M. Tower continuaient à crier des noms.

La petite cape de fourrure et le manchon pendaient toujours à l'arbre et Laura en avait envie. Elle voulait les regarder le plus longtemps qu'elle pourrait. Elle désirait savoir à qui ils iraient. Ils ne pouvaient pas être pour Nelly

Oleson qui avait déjà une cape de fourrure.

Laura n'attendait plus rien. Mais Marie reçut des mains de Mme Tower un joli petit livret avec des images de la Bible à l'intérieur.

M. Tower prit la petite cape de fourrure et le manchon de l'arbre. Il lut un nom que Laura ne put entendre dans le joyeux brouhaha. Elle perdit de vue la cape et le manchon dans la foule. Ils avaient disparu maintenant.

On donna alors un adorable petit chien en porcelaine blanche tachetée de brun à Carrie. Mais celle-ci n'avait d'yeux que pour sa poupée qu'elle serrait dans ses bras si bien que Laura porta le petit chien qu'elle caressa en riant.

— Joyeux Noël, Laura! lui dit Mlle Beadle et elle lui tendit une magnifique petite boîte en porcelaine miroitant d'un blanc de neige. Sur le dessus, il y avait une toute petite théière dorée et une minuscule tasse dans une soucoupe qui étaient dorées également.

Le dessus de la boîte se soulevait et l'intérieur était un endroit idéal pour ranger une broche si Laura en avait une un jour. Maman lui dit que c'était une boîte à bijoux.

On n'avait jamais vu un tel Noël. C'était un Noël si beau, si riche et toute l'église était pleine de Noël. Il y avait tant de lampes, tant de gens, tant de bruit, de rire et de joie. Laura se sentit pleine à éclater comme si ce Noël si grand et si riche était en elle, avec ses moufles, sa belle boîte à bijoux avec la petite tasse, la soucoupe et la théière, ses bonbons et sa boule de pop-corn. Soudain, quelqu'un lui dit :

— C'est pour toi, Laura.

Mme Tower souriait en tenant la petite cape de fourrure et le manchon à la main.

— Pour moi ? dit Laura. Pour moi ?

Tout s'évanouit alors autour d'elle pendant qu'elle serrait de toutes ses forces les douces fourrures contre elle.

Laura les serra de plus en plus fort pour se faire à l'idée que cette petite cape de fourrure et le manchon soyeux étaient bien à elle.

Noël continuait autour de Laura mais rien d'autre n'existait plus pour elle que la douceur des fourrures. Les gens commençaient à rentrer chez eux. Carrie était debout sur le banc et Maman lui boutonnait son manteau et attachait son capuchon. Maman dit :

— Merci beaucoup pour le châle, Frère Alden. C'est justement ce dont j'avais besoin.

Papa déclara :

— Et je vous remercie pour le cache-nez. Cela me sera utile quand je viendrai en ville dans le froid.

Le Révérend Alden s'assit sur le banc et demanda :

— Et le manteau de Marie lui va-t-il ?

Laura n'avait pas remarqué le manteau de Marie jusqu'alors. Marie avait un nouveau manteau bleu marine. Il était long et ses manches descendaient jusqu'aux poignets de Marie. Marie le boutonna et il lui allait.

— Et comment cette petite fille trouve-t-elle ses fourrures? demanda le Révérend Alden en souriant.

Il attira Laura entre ses genoux. Il plaça la cape sur ses épaules et l'attacha à son cou. Il passa le cordonnet du manchon autour de son cou et les mains de Laura s'engouffrèrent dans le manchon soyeux.

— Voilà! dit le Révérend Alden. Maintenant, mes petites filles de la campagne auront bien chaud quand elles viendront à l'école du dimanche.

— Qu'est-ce que tu dis, Laura? demanda Maman.

Mais le Révérend Alden déclara :

— Ce n'est pas la peine. L'éclat de ses yeux en dit assez long.

Laura ne pouvait pas parler. La fourrure marron or entourait chaudement son cou et elle la sentait toute douce sur ses épaules. La fourrure cachait les bords râpés de son manteau. Le manchon montait bien au-dessus de ses poignets et recouvrait les manches trop courtes de son manteau.

— C'est un petit oiseau marron tacheté de rouge, dit le Révérend Alden.

Alors, Laura éclata de rire. C'était vrai. Ses cheveux, son manteau, sa robe et les magnifiques fourrures étaient marron. Sa capuche, ses moufles et le galon de sa robe étaient rouges.

— Quand je retournerai dans l'Est, je dirai quelques mots de notre petit oiseau marron à mes paroissiens. Voyez-vous, quand je leur ai parlé de notre église ici, ils ont décidé qu'ils devaient envoyer des cadeaux pour l'arbre de Noël. Chacun d'eux a donné quelque chose. Les petites filles qui ont envoyé tes fourrures et le manteau de Marie avaient besoin d'en avoir de plus grands.

— Merci, Monsieur! dit Laura. Et, s'il vous plaît, dites-leur merci aussi.

Car lorsque Laura pouvait parler, ses manières étaient aussi bonnes que celles de Marie.

Puis, ils souhaitèrent tous une bonne nuit et un joyeux Noël au Révérend Alden. Marie était si belle dans son manteau de Noël, Carrie était si jolie dans les bras de Papa. Papa et Maman souriaient si joyeusement et Laura était toute à sa joie.

M. et Mme Oleson rentraient aussi chez eux. Les bras de M. Oleson étaient chargés de cadeaux de même que ceux de Nelly et de Willie.

Laura ne sentit aucun sentiment mauvais la traverser, juste un peu de satisfaction mesquine.

— Joyeux Noël, Nelly! dit Laura.

Nelly fixa Laura des yeux tandis que celle-ci continuait sans s'arrêter, les mains bien au chaud dans le profond manchon soyeux. Sa cape était plus jolie que celle de Nelly et Nelly n'avait pas de manchon.

CHAPITRE 32

LA MARCHE
DES SAUTERELLES

Après Noël, il neigea plusieurs dimanches de
suite, mais Papa fabriqua un traîneau en
branches de saules et ils se rendirent tous
ensemble à l'école du dimanche, emmitouflés
dans le nouveau manteau, les fourrures, le châle
et le cache-nez.

Un matin, Papa dit que le chinook soufflait.
Le chinook était un vent chaud du nord-ouest.
En une journée, il fit fondre la neige et le lit du
ruisseau Plum se remplit de nouveau. Puis il se
mit à pleuvoir jour et nuit. Les eaux du ruisseau
grondèrent en faisant le gros dos et tournoyèrent
en débordant largement ses rives basses.

L'air se radoucit enfin et le ruisseau s'apprivoisa de nouveau. Les pruniers et les saules fleurirent soudain et déroulèrent leurs nouvelles feuilles. L'herbe des prairies verdoyait et Marie, Laura et Carrie couraient pieds nus sur ce frais tapis moelleux.

Il fit un peu plus chaud chaque jour jusqu'à ce qu'arrivât le plein été. Il était temps pour Laura et Marie d'aller à l'école mais elles n'y allèrent pas cette année-là parce que Papa devait repartir et que Maman voulait les garder avec elle à la maison. L'été était très chaud. Des vents secs et chauds soufflaient et il ne pleuvait pas.

Un jour, Papa arriva pour déjeuner en disant :

— Les sauterelles sont en train d'éclore. Ce soleil de plomb les fait sortir des œufs et sauter sur le sol comme des grains de maïs qui éclatent.

Laura courut dehors pour regarder. L'herbe de la berge était pleine de petites choses vertes qui sautaient. Laura en prit une dans ses mains et l'examina. Ses ailes délicates, ses pattes minuscules, sa petite tête et même ses yeux étaient de la couleur de l'herbe. C'était si petit et si parfait. Laura avait du mal à croire que cela deviendrait une grosse sauterelle brune et laide.

— Elles vont grandir bien assez vite, dit Papa, et manger tout ce qui pousse.

Jour après jour, de plus en plus de sauterelles

sortaient de leurs œufs. Des sauterelles vertes de toutes tailles inondaient la terre et mangeaient. Le vent ne soufflait pas assez fort pour effacer le bruit de leurs mâchoires cisaillant, rongeant et mastiquant.

Elles dévorèrent toutes les allées vertes du jardin potager. Elles mangèrent les fanes vertes des pommes de terre. Elles mangèrent l'herbe, les feuilles de saules et les verts massifs de pruniers, grands et petits. Elles mangèrent toute la prairie qu'elles laissèrent nue et brune. Et elles grossirent.

Elles grandirent et devinrent brunes et laides. Leurs gros yeux saillaient et elles sautaient partout sur leurs pattes calleuses. Elles étaient des milliers et des milliers à sauter sur le sol et Marie et Laura restaient dans la maison.

Il ne pleuvait pas. Chaque journée était plus chaude et plus horrible que la veille, et l'air s'emplissait toujours davantage du bruit strident des sauterelles jusqu'à ce qu'il semblât difficile de le supporter plus longtemps.

— Oh, Charles, dit Maman un matin. Je crois que je ne pourrai le supporter un jour de plus.

Maman était malade. Son visage blanc était maigre et elle s'assit, épuisée d'avoir parlé.

Papa ne répondit pas. Pendant des jours, il était allé et venu, le visage froid et tendu. Il ne chantait ni ne sifflait plus. Mais ce fut pire que tout quand il ne répondit pas à Maman. Il se dirigea vers la porte et regarda dehors.

Même Carrie ne bougeait pas. On pouvait sentir la chaleur du jour naissant et entendre les sauterelles. Mais le bruit qu'elles faisaient était différent. Tout excitée, Laura courut les regarder. Papa aussi était agité.

— Caroline, dit-il. Il se passe quelque chose d'étrange. Viens voir !

Dans toute la basse-cour, les sauterelles marchaient les unes contre les autres, si serrées qu'on aurait dit que la terre elle-même se déplaçait. Pas une ne sautait. Pas une ne tournait la tête. Aussi vite qu'elles pouvaient, elles marchaient toutes vers l'ouest.

Maman regardait, debout à côté de Papa. Marie demanda :

— Oh, Papa, qu'est-ce que cela veut dire ?

Et Papa répondit :

— Je ne sais pas.

Il mit sa main en visière et scruta l'ouest et l'est tour à tour.

— C'est partout la même chose, aussi loin que l'œil peut voir. Toute la terre rampe vers l'ouest.

Maman murmura :

— Oh, si elles pouvaient s'en aller !

Papa, Maman, Laura et Carrie regardaient ce phénomène étrange. Seule Carrie, perchée sur sa chaise haute, frappait la table de sa cuiller.

— Une minute, Carrie, dit Maman, sans quitter des yeux la marche des sauterelles.

Il n'y avait pas le moindre espace entre elles et leur nombre était infini.

— Je veux mon petit déjeuner! cria Carrie.

Personne ne bougea. Finalement, Carrie se mit à crier en pleurant presque :

— Maman! Maman!

— Là, tu vas l'avoir ton petit déjeuner, dit Maman qui en se retournant s'écria :

— Mon Dieu!

Les sauterelles marchaient sur Carrie. Serrées les unes contre les autres, elles entraient à flots par la fenêtre de l'est, passant sur le rebord de la fenêtre puis descendant le long du mur et continuant sur le plancher. Elles montaient aux pieds de la table, sur les bancs et sur la chaise haute de Carrie. Sous la table et sous les bancs, sur la table, sur les bancs et sur Carrie, elles marchaient vers l'ouest.

— Ferme la fenêtre! dit Maman.

Laura courut sur les sauterelles pour aller la fermer. Papa sortit dehors et fit le tour de la maison. Il rentra et dit :

— Il faudrait mieux fermer les fenêtres du haut. Les sauterelles sont aussi nombreuses à grimper sur le mur est de la maison qu'elles le sont par terre et elles ne contournent pas la

fenêtre du grenier. Elles s'y engouffrent carré-
ment.

Tout le long du mur et sur le toit, leurs pattes
râpeuses résonnaient. La maison semblait pleine
de sauterelles. Maman et Laura les balayèrent et
les jetèrent par la fenêtre de l'ouest. Pas une
n'entrait du côté ouest bien que cette partie de la
maison fût recouverte de sauterelles qui après
avoir marché sur le toit redescendaient sur le sol
et se dirigeaient vers l'ouest avec les autres.

Tout au long de cette journée, les sauterelles
marchèrent vers l'ouest. Toute la journée du lendemain, elles continuèrent à marcher vers
l'ouest. Et le troisième jour, elles marchèrent
toujours sans s'arrêter un instant.

Pour rien au monde aucune d'elles ne se
détournait de sa route.

Elles grimpaient d'un pas résolu sur la maison, sur l'étable. Elles marchèrent sur Spot
jusqu'à ce que Papa l'enfermât dans l'étable.
Elles traversèrent le ruisseau et s'y noyèrent et
celles qui se trouvaient derrière suivirent le
même chemin et se noyèrent à leur tour jusqu'à
ce que les sauterelles mortes eussent bouché le
ruisseau, servant ainsi de pont aux suivantes.

Tout le jour durant, un soleil de plomb
dardait ses rayons sur la maison. Toute la
journée, on entendait le piétinement de leurs
pattes grouillant le long du mur puis sur le toit.

274

Toute la journée, les sauterelles avec leurs têtes aux yeux saillants et leurs pattes qui cherchaient à s'agripper pullulaient sur le rebord extérieur des fenêtres fermées. Toute la journée, elles essayaient de monter le long des carreaux lisses et retombaient pendant que des milliers d'autres les poussaient vers le haut, essayaient à leur tour et tombaient.

Maman était pâle et elle avait les traits tirés. Papa ne parlait pas. Laura ne pouvait enlever le bruit de cette marche rampante de ses oreilles ni débarrasser sa peau de cette sensation.

Le quatrième jour arriva et les sauterelles marchaient toujours.

Le soleil était plus chaud que jamais et sa lumière était insoutenable.

Il était presque midi quand Papa arriva de l'étable en criant :

— Caroline ! Caroline ! Regarde dehors ! Les sauterelles s'envolent !

Laura et Marie coururent à la porte. Partout, les sauterelles dépliaient leurs ailes et s'élevaient du sol. De plus en plus nombreuses, elles remplissaient le ciel volant de plus en plus haut jusqu'à voiler le soleil, l'assombrir et l'éteindre comme lorsqu'elles étaient arrivées.

Laura courut dehors. Elle leva la tête vers le soleil caché par un nuage qui ressemblait presque à des flocons de neige. C'était un nuage noir, brillant, scintillant, luisant d'un vif éclat et plus blanc à mesure qu'elle regardait plus haut. Et il montait au lieu de tomber.

Le nuage passa devant le soleil puis se dirigea loin vers l'ouest jusqu'à ce qu'on ne le vît plus.

Il ne restait plus une seule sauterelle dans l'air ou sur le sol, sinon, ici et là, une sauterelle estropiée qui ne pouvait voler mais poursuivait néanmoins sa marche clopinante vers l'ouest.

Le silence était de ceux qui succèdent à une tempête.

Maman entra dans la maison et se laissa tomber dans le fauteuil à bascule.

— Mon Dieu! Mon Dieu! dit-elle.

Les mots imploraient mais ils résonnaient comme : « Merci. »

Laura et Marie s'assirent sur le pas de la porte. Elles pouvaient le faire maintenant; il n'y avait plus de sauterelles.

— Comme c'est calme! dit Marie.

Papa s'appuya dans l'encadrement de la porte et déclara d'un ton sérieux :

— Je voudrais bien que quelqu'un m'explique comment elles savaient toutes que le moment était venu de partir et comment elles savaient où se trouvaient l'ouest et leur demeure ancestrale.

Mais personne ne put lui répondre.

CHAPITRE 33

LES BOULES DE FEU

Les journées s'écoulèrent tranquillement après ce jour de juillet où les sauterelles s'envolèrent.

La pluie tomba et l'herbe repoussa sur la terre que les sauterelles avaient laissée nue, brune et laide. Les mauvaises herbes se mirent à pousser plus vite, comme les séneçons et le chiendent qui s'élargit en véritables buissons.

Les saules, les grands peupliers et les massifs de pruniers se recouvrirent de feuilles mais il n'y aurait pas de fruit cette année car la floraison était passée. Il n'y aurait pas de blé non plus mais le foin sauvage poussait par endroits près du ruisseau. Les pommes de terre avaient résisté et il y avait des poissons dans l'attrape-poissons.

Papa attela Sam et David à la charrue et laboura une partie du champ de blé couvert de mauvaises herbes. A l'ouest de la maison, il creusa un large sentier pare-feu qui partait du ruisseau et y retournait. Dans le champ, Papa sema des navets.

— Il est tard, dit-il. Les vieux paysans conseillent de semer les navets le 25 juillet, que le temps soit sec ou pluvieux. Mais je suppose qu'ils n'avaient pas prévu les sauterelles et probablement y aura-t-il autant de navets que les filles et toi, Caroline, pourrez en arracher et en couper. Je ne serai pas là pour le faire.

Papa devait repartir dans l'Est pour travailler là où il y avait des récoltes car la maison n'était pas encore finie de payer et il devait acheter du sel, de la farine de blé et du sucre. Il ne pouvait pas rester pour couper le foin sauvage dont Sam et David avaient besoin pour l'hiver mais M. Nelson accepta de le couper à sa place et de le mettre en meules contre une partie de celui-ci.

Et, un matin de bonne heure, Papa s'en alla. Sa vareuse roulée sur son épaule, il s'éloigna en sifflant jusqu'à ce qu'il fût hors de vue. Mais il n'y avait pas un seul trou dans ses bottes. Il ne se ressentirait pas de la marche et, un jour, il reviendrait.

Le matin, après le travail de la ferme et le

ménage, Laura et Marie étudiaient dans leurs livres. L'après-midi, Maman leur faisait réciter leurs leçons. Alors, elles pouvaient jouer ou faire de la couture jusqu'à l'heure d'aller à la rencontre du troupeau chercher Spot et son veau pour les ramener à la maison. Puis, elles s'occupaient à nouveau du travail de l'étable, faisaient le dîner, la vaisselle du dîner et l'heure d'aller au lit arrivait.

Après que M. Nelson eut mis en meules le foin de Papa près de l'étable, les journées étaient chaudes sur le côté ensoleillé des meules mais fraîches à l'ombre. Le vent était froid et les petits matins glacials.

Un matin que Laura conduisait Spot et son veau jusqu'au troupeau, elle aperçut Johnny qui avait des ennuis avec le bétail. Il essayait d'entraîner le troupeau vers l'ouest de la prairie, là où l'herbe brune brûlée par le froid était haute. Le bétail ne voulait pas y aller. Les bêtes ne cessaient de tourner en rond en se dérobant.

Laura et Jack aidèrent Johnny à les y conduire. Le soleil montait dans le ciel clair mais, avant d'avoir rejoint la maison, Laura aperçut à l'ouest un nuage bas. Elle fronça le nez, respira longuement, profondément et elle se souvint du Territoire Indien.

— Maman! appela-t-elle.

Maman sortit dehors et regarda le nuage.

— Il est loin, Laura, dit Maman. Il ne viendra probablement pas jusqu'ici.

Pendant toute la matinée, le vent souffla de l'ouest. A midi, il souffla plus fort et Maman, Marie et Laura, debout dans la basse-cour, contemplèrent le nuage noir qui s'approchait.

— Je me demande où est le troupeau, s'inquiéta Maman.

Finalement, elles virent une lumière tremblotante au-dessous du nuage.

— Si les vaches sont en lieu sûr de l'autre côté du ruisseau, nous n'avons pas besoin de nous inquiéter, dit Maman. Le feu ne peut pas traverser le sentier pare-feu. Vous feriez mieux d'entrer dans la maison, les filles, et de déjeuner.

Elle emmena Carrie dans la maison, mais Laura et Marie regardèrent une fois encore la fumée s'approcher. Marie tendit alors le doigt dans sa direction et ouvrit la bouche sans pouvoir parler. Laura cria :

— Maman! Maman! Une boule de feu!

Devant la vacillante fumée rouge une boule de feu approchait en roulant sur elle-même à vive allure, mettant le feu aux herbes sur son passage. Une autre, puis une autre et une autre encore arrivaient à toute vitesse, poussées par le vent. La première traversait déjà en tourbillonnant le sentier pare-feu.

Munie d'un seau à eau et d'un balai à laver,

Maman se précipita à sa rencontre. Elle la frappa avec le balai mouillé et la laissa éteinte sur le sol. Elle courut vers la suivante mais il en arrivait toujours en plus grand nombre.

— Reste en arrière, Laura, cria Maman.

Laura resta collée contre le mur de la maison, serrant fort la main de Marie et regardant. Dans la maison, Carrie pleurait parce que Maman l'avait enfermée.

Les boules de feu arrivaient de plus en plus vite. C'était les buissons de chiendent qui avaient mûri, s'étaient arrondis et desséchés puis s'étaient détachés de leurs petites racines de sorte que le vent les entraînait au loin et dispersait leurs graines. A présent, ils brûlaient mais continuaient à rouler devant le vent mugissant et le grand feu grondant qui les poursuivaient.

La fumée s'enroulait maintenant autour de Maman quand elle courait, frappant les rapides boules de feu avec son balai. Jack frissonnait de peur contre les jambes de Laura et des larmes coulaient de ses yeux rougis.

M. Nelson arriva au galop sur son poulain gris et il en descendit d'un bond devant l'étable. Il se saisit d'une fourche et cria :

— Vite! Apportez des chiffons humides!

Et il courut aider Maman.

Laura et Marie descendirent en courant jusqu'au ruisseau avec des toiles à sac. Sans cesser de courir, elles les remontèrent toutes trempées et M. Nelson en accrocha une sur les dents de sa fourche. Le seau de Maman était vide : elles se dépêchèrent d'aller le remplir.

Les boules de feu montaient la berge en roulant. Elles laissaient des traînées de feu sur l'herbe sèche. Maman et M. Nelson les combattaient avec le balai à laver et les toiles à sac mouillées.

— Les meules ! Les meules ! cria Laura.

Une boule de feu avait atteint les meules. M. Nelson et Maman coururent dans la fumée. Une autre boule se dirigea en roulant sur la terre brûlée dans la direction de la maison. Laura était si effrayée qu'elle ne savait pas quoi faire. Carrie se trouvait dans la maison. Laura frappa la boule enflammée avec une toile à sac et l'éteignit.

Dès lors, il n'en vint plus d'autre. Maman et M. Nelson avaient éteint le feu de la meule. Des brindilles de foin et d'herbe brûlées tournoyaient dans l'air tandis que le grand feu se heurtait au sentier pare-feu.

Le feu ne pouvait pas le traverser. Il se dirigea à toute vitesse vers le sud jusqu'au ruisseau. Il courut vers le nord et revint à nouveau au ruisseau. Il ne pouvait pas aller plus loin si bien qu'il perdit peu à peu de sa force et s'éteignit sur place.

Les nuages de fumée se dispersaient et le feu de prairie était éteint. M. Nelson dit qu'il avait couru après le troupeau sur son poulain; les bêtes du troupeau étaient en sécurité de l'autre côté du ruisseau.

— Nous vous sommes reconnaissantes, M. Nelson, dit Maman. Vous avez sauvé notre bien. Les filles et moi, nous n'aurions jamais pu y arriver toutes seules.

Quand M. Nelson partit, Maman affirma :

— Il n'y a rien de plus précieux au monde que de bons voisins. Venez maintenant, les filles, vous laver et déjeuner.

CHAPITRE 34

LES MARQUES
SUR L'ARDOISE

Après le feu de prairie, le temps devint si froid que Maman expliqua qu'il fallait se dépêcher d'arracher les pommes de terre et les navets avant les premières gelées.

Maman arracha les pommes de terre pendant que Marie et Laura les ramassaient et les transportaient dans des seaux au cellier. Il soufflait un vent fort et vif. Elles s'enveloppaient dans leurs châles mais, bien sûr, sans mettre leurs moufles. Le nez de Marie était rouge, Laura était frigorifiée et leurs mains et leurs pieds étaient engourdis. Mais elles se réjouissaient qu'il y eût tant de pommes de terre.

Il faisait bon à se réchauffer près du fourneau une fois le travail dehors terminé et à respirer la bonne odeur des pommes de terre en train de bouillir et du poisson en train de frire. C'était bon de manger et d'aller dormir.

Puis, par un temps maussade, elles arrachèrent les navets... C'était plus difficile que ramasser les pommes de terre. Les navets étaient gros et tenaces et souvent, Laura se retrouva brutalement assise par terre après qu'un navet eut cédé sous ses efforts.

On devait couper leurs têtes vertes et juteuses avec un couteau de boucher. Le jus mouillait les mains de Marie et Laura et le vent leur donnait des gerçures qui perçaient et saignaient. Maman prépara un onguent à base de lard et de cire d'abeilles qu'elle appliquait sur leurs mains durant la nuit.

Mais Spot et son veau mangeaient la tête juteuse des navets et c'était bon de savoir qu'il y aurait suffisamment de navets pour tout l'hiver. On mangeait des navets bouillis, des navets en purée et des navets à la crème. Et les soirs d'hiver, il y aurait un plat de navets sur la table près de la lampe. On pèlerait leur peau épaisse et on mangerait les rondelles croustillantes des navets crus.

Un jour, elles mirent le dernier navet au cellier et Maman dit :

— Il peut geler maintenant.

Et cette nuit-là, en effet, il gela et le lendemain matin une neige épaisse tombait derrière les fenêtres.

Marie trouva alors un moyen de compter les jours qu'il restait jusqu'au retour de Papa. Dans sa dernière lettre, Papa disait que là où il se trouvait le battage finirait dans deux semaines. Marie prit l'ardoise et elle traça dessus sept marques. Une marque pour chaque jour d'une semaine. Au-dessous, elle traça sept marques de plus pour les sept autres jours de la semaine suivante.

La dernière marque était le jour où Papa rentrerait à la maison. Mais quand Marie et Laura montrèrent l'ardoise à Maman celle-ci leur fit remarquer :

— Vous feriez mieux de faire des marques pour une autre semaine, le temps qu'il faudra à Papa pour parcourir le chemin du retour.

Marie traça alors lentement sept nouvelles marques. Laura n'aimait pas voir tant de marques la séparer du retour de Papa. Mais chaque nuit, avant d'aller au lit, Marie effaçait une marque. C'était un jour de passé.

Chaque matin, Laura pensait :

— Toute cette journée doit s'écouler avant que Marie efface une marque.

Dehors, cela sentait bon dans les petits matins

frais. Le soleil avait fait fondre la neige mais le sol était dur et gelé. Le ruisseau Plum n'était pas encore pris par les glaces et les feuilles brunes flottaient sur l'eau sous le ciel bleu d'hiver.

La nuit, il faisait bon se tenir à la clarté de la lampe près du four chaud. Laura jouait avec Carrie et Jack sur le plancher lisse et propre. Maman raccommodait, confortablement assise, et le livre de Marie était ouvert sous la lampe.

— C'est l'heure d'aller au lit, les filles, disait Maman en ôtant son dé. Marie effaçait alors une nouvelle marque et rangeait l'ardoise.

Une nuit, elle effaça le premier jour de la dernière semaine. Maman, Laura et Carrie regardaient Marie qui leur dit en rangeant l'ardoise :

— Papa est en route vers la maison à présent. Ce sont les marques du chemin qu'il doit faire.

Dans son coin, Jack poussa soudain un aboiement joyeux comme s'il avait compris. Il courut à la porte et posa ses pattes de devant dessus, grattant, geignant et remuant la queue. Laura entendit alors siffler au loin :

« Quand Johnny rentre chez lui. »

— C'est Papa ! Papa ! cria-t-elle. Elle ouvrit la porte et dévala la berge dans l'obscurité ventée, Jack bondissant en avant.

— Hello, ma petite pinte de cidre doux ! dit Papa en la serrant dans ses bras.

— Bon chien, Jack !

Un rayon de lumière ruisselait de la porte ouverte et Marie arriva puis Maman et Carrie.

— Comment va mon bébé ? demanda-t-il en donnant une petite tape à Carrie. Et voici ma grande fille, dit-il en tirant une natte de Marie. Donne-moi un baiser, Caroline, si tu y arrives au milieu de cette horde d'Indiens.

Puis, on prépara un dîner pour Papa et personne ne pensait à aller se coucher. Laura et Marie racontaient tout à la fois, les boules de feu, les pommes de terre, les navets et comme le veau de Spot avait grandi et comme elles avaient bien étudié et Marie déclara :

— Mais Papa, tu ne peux pas être là. Il reste des marques sur l'ardoise.

Marie lui montra les marques qui subsistaient, correspondant aux jours de marche.

— Je vois, dit Papa. Mais vous n'avez pas pensé à effacer les marques pour les jours que ma lettre a mis avant d'arriver jusqu'à vous. De plus, je me suis hâté tout le long du chemin car on dit que l'hiver est déjà rigoureux dans le nord. De quoi avons-nous besoin en ville, Caroline ?

Maman expliqua qu'ils ne manquaient de rien. Elles avaient mangé tant de poissons et de pommes de terre qu'il y avait encore de la farine et même du sucre et du thé. Seul le sel était en petite quantité quoique suffisante pour durer plusieurs jours encore.

— Alors je ferais mieux de ramasser du bois avant que nous allions en ville, dit Papa. Je n'aime pas le bruit que fait ce vent et on m'a raconté que les blizzards du Minnesota arrivaient vite et soudainement. J'ai entendu parler de gens qui se rendaient en ville quand une tempête de neige se déclencha si brutalement qu'ils ne purent repartir. Dans leur maison, leurs enfants brûlèrent tous les meubles mais ils moururent de froid avant que la tempête se fût suffisamment calmée pour permettre à leurs parents de rentrer chez eux.

CHAPITRE 35

EN GARDANT
LA MAISON

Maintenant, dans la journée, Papa descendait avec le chariot jusqu'au ruisseau Plum et le remontait ensuite avec un chargement de grosses bûches qu'il entassait près de la porte de la maison. Il avait abattu les vieux pruniers, les vieux saules et les grands peupliers, épargnant les petits pour les laisser pousser. Il les tirait, les entassait, les débitait en morceaux pour le fourneau et la pile de bois devint très haute.

Avec sa hache à manche court à la ceinture, les pièges à son bras et son fusil sur l'épaule, il remontait le ruisseau Plum très loin vers l'amont, posant des pièges pour attraper des rats musqués, des visons, des loutres et des renards.

Un soir, pendant le dîner, Papa raconta qu'il avait trouvé un castor. Mais il n'avait pas mis de piège parce qu'il restait trop peu de castors. Il avait vu un renard, avait tiré mais l'avait manqué.

— Je perds l'habitude de la chasse, dit-il. Cet endroit est merveilleux mais il n'y a pas beaucoup de gibier. Cela donne parfois la nostalgie de l'Ouest où...

— ... Où il n'y a pas d'école pour les enfants, Charles, l'interrompit Maman.

— Tu as raison, Caroline. Tu as toujours raison, reconnut Papa. Écoute le vent. Nous aurons une tempête demain.

Mais le jour suivant, il fit un temps de printemps. L'air était doux et le soleil brillait de tout son éclat. Dans le milieu de la matinée, Papa rentra à la maison.

— Déjeunons maintenant et allons faire une promenade en ville cet après-midi, dit-il à Maman. Il fait trop beau pour rester enfermés. Il sera toujours temps de rester dans la maison quand l'hiver sera vraiment là.

— Mais les enfants, dit Maman. Nous ne pouvons pas emmener Carrie pour une si longue promenade.

— Allons donc! se moqua gentiment Papa. Marie et Laura sont de grandes filles maintenant. Pour un après-midi, elles peuvent bien s'occuper de Carrie.

— Bien sûr que nous pouvons nous en occuper, Maman, assura Marie.

Et Laura approuva :

— Bien sûr que nous pouvons !

Marie et Laura regardèrent Papa et Maman s'en aller gaiement. Maman était si jolie dans son châle de Noël marron et rouge avec sa capuche de tricot marron bien attachée sous son menton. Elle marchait si vivement et regardait Papa si joyeusement que Laura pensa que Maman était un oiseau.

Puis, Laura balaya le plancher pendant que Marie nettoyait la table. Marie lava la vaisselle, Laura l'essuya et la rangea dans le placard. Ensuite, elles étendirent la nappe à carreaux rouges sur la table. Maintenant, Marie et Laura avaient tout l'après-midi devant elles et elles pouvaient faire ce qu'elles voulaient.

Elles décidèrent d'abord de jouer à l'école. Marie dit qu'elle devait faire l'institutrice parce qu'elle était l'aînée et que d'ailleurs elle savait plus de choses. Laura savait que c'était vrai. Marie fit donc l'institutrice et cela lui plaisait mais Laura se lassa vite de ce jeu.

— Je sais, dit Laura. Apprenons à Carrie ses lettres.

Marie et Laura assirent Carrie sur un banc,

posèrent le livre devant elle et elles firent de leur mieux pour les lui apprendre. Mais Carrie n'aimait pas ce jeu. Elle ne voulait pas apprendre ses lettres, aussi durent-elles abandonner.

— Bien! dit Laura. Jouons à garder la maison.

— Mais nous *gardons* la maison, répliqua Marie. A quoi sert d'y jouer?

La maison était vide et silencieuse sans Maman. Maman était si calme et si douce qu'elle ne faisait jamais de bruit mais maintenant toute la maison l'attendait.

Laura sortit dehors un moment mais elle rentra. L'après-midi s'éternisait. Il n'y avait rien à faire. Même Jack ne tenait pas en place.

Il demanda à sortir mais quand Laura lui ouvrit la porte il ne voulut plus partir. Il s'allongeait, se levait, marchait en rond tout autour de la pièce. Il s'approcha de Laura et la regarda avec insistance.

— Qu'est-ce qu'il y a, Jack? lui demanda Laura.

Il la fixa mais Laura ne comprenait pas et il se mit presque à hurler.

— Arrête Jack! lui dit vivement Laura. Tu me fais peur.

— Il y a quelque chose dehors? demanda Marie.

Laura se précipita à l'extérieur mais sur le pas de la porte, Jack la retint par sa robe et la tira en arrière. Dehors, le vent était vif et mordant. Laura referma la porte.

— Regarde! dit-elle. Il fait sombre. Est-ce que les sauterelles reviennent?

— Non, pas en hiver, petite oie, dit Marie. C'est peut-être la pluie.

— Petite oie toi-même! répliqua Laura. Il ne pleut pas en hiver.

— Eh bien, la neige alors! Quelle est la différence?

Marie était en colère et Laura aussi. Elles étaient sur le point de se quereller quand soudain le soleil disparut. Elles coururent à la fenêtre de la chambre pour regarder.

Un nuage noir et cotonneux à sa base arrivait du nord-ouest.

Marie et Laura regardèrent par la fenêtre de devant. C'était sans aucun doute l'heure pour Papa et Maman de rentrer à la maison mais ils n'étaient en vue nulle part.

— C'est peut-être une tempête de neige, dit Marie.

— Comme Papa nous a raconté, dit Laura.

Marie et Laura se regardèrent dans l'air gris. Elles pensaient à ces enfants morts de froid.

— La caisse à bois est vide, remarqua Laura.

Marie la retint.

— Tu ne peux pas, dit Marie. Maman nous a demandé de rester dans la maison s'il y avait une tempête.

Laura se dégagea et Marie déclara :

— De toute façon, Jack ne te laissera pas.

— Il faut rentrer du bois dans la maison avant la tempête, dit Laura. Vite !

Elles pouvaient entendre un bruit étrange dans le vent, comme un cri lointain. Elles s'enveloppèrent dans leurs châles, les attachèrent sous leur menton avec de grandes épingles et enfilèrent leurs moufles.

Laura fut prête la première. Elle dit à Jack :

— Nous devons rentrer du bois, Jack.

Il parut comprendre. Il la suivit dehors sans la quitter d'un pouce. Le vent était plus froid que des glaçons. Laura courut à la pile de bois, en prit une grande brassée et revint en courant à la maison, Jack sur ses talons. Elle ne pouvait pas ouvrir la porte avec ce bois dans les bras. Marie l'ouvrit pour elle.

Laura et Marie ne savaient pas quoi faire. Le nuage approchait rapidement et elles devaient rentrer du bois toutes les deux avant la tempête. Elles ne pouvaient pas ouvrir la porte avec leur chargement de bois et ne pouvaient pas non plus la laisser ouverte à cause du froid.

— Ze peux ouvrir la porte, dit Carrie.

— Tu ne peux pas, répliqua Marie.

— Si, ze peux, répéta Carrie et, avec ses deux mains, elle tourna le bouton de la porte. Elle pouvait le faire! Carrie était assez grande pour ouvrir la porte.

Laura et Marie se dépêchèrent d'aller chercher du bois. Carrie leur ouvrait la porte et la refermait derrière elles. Marie portait de plus grandes brassées mais Laura allait plus vite.

Elles remplirent la caisse à bois avant que la neige commençât à tomber. La neige arriva soudainement en rafales qui tourbillonnaient. Les flocons, aussi durs que de petits grains de sable, fouettaient le visage de Laura. Quand

Carrie ouvrait la porte un tourbillon blanc s'engouffrait dans la pièce.

Laura et Marie oublièrent que Maman leur avait recommandé de rester dans la maison pendant une tempête. Elles oublièrent tout hormis de rentrer du bois. Elles entraient et sortaient en courant, apportant à chaque fois tout le bois qu'elles pouvaient porter, à la limite de leurs forces.

Elles empilèrent le bois au-dessus de la caisse à bois et autour du fourneau. Elles l'entassèrent contre le mur et elles firent des piles de plus en plus grandes et de plus en plus hautes.

V'lan! La porte claquait. Elles couraient à la pile de bois. Clop! Clop! Clop! Elles entassaient le bois dans leurs bras. Elles couraient jusqu'à la porte. Pan! La porte s'ouvrait et v'lan, elle se refermait en claquant. Badaboum! Elles laissaient tomber le bois par terre, retournaient dehors sans cesser de courir jusqu'à la pile de bois et repartaient, haletantes.

Marie et Laura pouvaient à peine distinguer la pile de bois dans la tourmente blanche. La neige s'amoncelait sur les bûches qu'elle dissimulait. Elles avaient du mal à voir la maison et Jack n'était plus qu'une tache noire courant à leurs côtés. La neige dure cinglait leurs visages. Les bras de Laura lui faisaient mal, sa poitrine haletait et sans arrêt elle pensait :

— Oh! Où est Papa? Où est Maman?

Et elle se répétait :

— Vite! Vite!

Et elle entendait le vent hurler.

La pile était épuisée. Marie et Laura ramassèrent encore quelques morceaux de bois et il ne resta plus rien. Elles coururent ensemble jusqu'à la porte. Laura l'ouvrit et Jack bondit à l'intérieur derrière elle. Carrie se tenait à la fenêtre de devant tapant dans ses mains et poussant des cris aigus. Laura laissa tomber les morceaux de bois et se retourna juste à temps pour apercevoir Papa et Maman qui sortaient en courant des tourbillons de neige.

Papa tenait la main de Maman et la tirait pour l'aider à courir. Ils entrèrent en trombe dans la maison, firent claquer la porte et s'arrêtèrent, hors d'haleine et couverts de neige. Personne ne dit rien pendant que Papa et Maman observaient Laura et Marie debout dans leurs châles et leurs gants plein de neige.

Finalement, Marie avoua d'une petite voix :

— Nous sommes allées dans la tempête, Maman. Nous avons oublié.

Laura baissa la tête et dit :

— Nous ne voulions pas brûler les meubles, Papa, et mourir de froid.

— Eh bien! Que je sois pendu, s'exclama Papa, si elles .n'ont pas rentré toute la pile de bois dans la maison. Tout le bois que j'avais coupé pour deux semaines.

Tout le bois de la pile se trouvait là, entassé dans la maison. La neige fondue en coulait, laissant de petites flaques sur le sol. Une trace humide allait jusqu'à la porte où la neige n'avait pas encore fondu.

Alors, le grand rire de Papa retentit et le gentil sourire de Maman réchauffa le cœur de Marie et Laura. Elles comprirent qu'elles étaient pardonnées d'avoir désobéi parce qu'elles avaient bien fait de rentrer du bois, même si elles avaient dépassé la mesure.

Bientôt, Marie et Laura seraient assez grandes pour ne plus se tromper et elles pourraient alors toujours décider ce qu'il fallait faire. Elles n'auraient plus à obéir à Papa et à Maman.

Elles s'empressèrent d'enlever le châle de Maman, son écharpe, de brosser la neige qu'il y avait dessus et de les pendre pour les faire sécher. Papa se rendit en hâte à l'étable pour s'occuper des bêtes avant que la tempête ne redoublât de violence. Pendant que Maman se reposait, Laura et Marie empilèrent le bois soigneusement comme elle leur dit de le faire, elles balayèrent et épongèrent le plancher.

La maison était de nouveau nette et accueillante. La bouilloire ronronnait. Le feu ronflait grâce à l'appel d'air existant au-dessus du four. La neige frappait contre les carreaux.

Papa rentra.

— Voilà le peu de lait que j'ai pu rapporter. Le vent l'a projeté hors du seau. C'est une tempête terrible, Caroline. Je n'y voyais pas à un mètre et le vent soufflait de tous les côtés à la fois. Je croyais être sur le chemin mais je ne voyais pas la maison et... Eh bien, j'ai buté de justesse contre le mur. Un pas plus à gauche et je ne serais jamais rentré.

— *Charles!* dit Maman.

— Ce n'est plus la peine de s'inquiéter maintenant, dit Papa. Mais si nous n'avions pas couru tout le long du chemin depuis la ville et battu cette tempête de vitesse...

Alors, ses yeux brillèrent, il ébouriffa les cheveux de Marie et tira l'oreille de Laura.

— Je suis content aussi qu'il y ait tout ce bois dans la maison, ajouta-t-il.

CHAPITRE 36

UN HIVER
DE PRAIRIE

Le lendemain, la tempête de neige redoubla de
violence. On ne voyait rien à travers les fenêtres
car la neige fouettait les carreaux en couche si
épaisse qu'ils n'étaient plus que des taches
blanches. Tout autour de la maison, le vent
mugissait.

Quand Papa se rendit à l'étable, des tourbillons de neige s'engouffrèrent dans l'appentis et,
au-dehors, ce n'était qu'un mur blanc. Il
décrocha un rouleau de corde d'un clou fixé
dans l'appentis.

— J'ai peur d'y aller sans quelque chose pour
me guider au retour, expliqua Papa. Avec cette

corde attachée au dernier poteau de la corde à linge, je devrais pouvoir atteindre l'étable.

Elles attendirent, anxieuses, le retour de Papa. Le vent avait jeté presque tout le lait hors du seau et Papa dut se réchauffer près du fourneau avant de pouvoir parler. Il avait suivi son chemin le long de la corde à linge, attachée à l'appentis, jusqu'au poteau. Là, il avait attaché l'extrémité de la corde, continuant d'avancer en déroulant la corde enroulée autour de son bras.

Il ne voyait rien d'autre que la tourmente de neige. Soudain, quelque chose le cogna. C'était le mur de l'étable. Il le longea jusqu'à la porte à laquelle il accrocha l'autre extrémité de la corde.

La tempête dura toute la journée. Les fenêtres étaient blanches et le vent ne cessait de gémir et de hurler. On était bien dans la maison chaude. Laura et Marie apprirent leurs leçons puis Papa joua du violon pendant que Maman se balançait en tricotant et que la soupe de haricots mijotait sur le fourneau.

Toute la nuit et toute la journée du lendemain, la tempête se déchaîna. La lumière du feu dansait à travers les fentes du four et Papa raconta des histoires et joua du violon.

Le lendemain matin, le vent ne faisait plus que siffler et un soleil froid brillait. A travers les fenêtres, Laura voyait la neige fuir devant le vent en petits tourbillons rapides au-dessus du sol. Toute la terre semblait couler à flots comme le ruisseau Plum ; seulement c'étaient des flots de neige. Même le soleil était froid.

— Eh bien, je suppose que la tempête est passée, dit Papa. Si je peux aller en ville demain, je rapporterai quelques provisions.

Le jour suivant, la neige courait au ras du sol et le vent la soulevait en volutes de fumée. Papa alla en ville et rapporta de grands sacs de farine de blé, de maïs, de sucre et de haricots. Il y avait suffisamment de nourriture pour un long moment.

— C'est étrange de songer comme les régions sont inégalement pourvues en gibier, dit Papa. Dans le Wisconsin, nous avions toujours beaucoup de viande d'ours et de chevreuil. Dans le Territoire Indien, nous trouvions des cerfs, des antilopes, des lièvres, des dindes et des oies, toute la viande qu'un homme peut souhaiter. Ici, on ne chasse que le petit lapin de garenne.

— Nous devrions songer à l'avenir, dit Maman et penser à faire de l'élevage. Imagine comme il sera facile d'engraisser nos propres bêtes là où nous pouvons faire pousser tant de céréales.

— Oui, approuva Papa. L'année prochaine, nous obtiendrons certainement une bonne récolte de blé.

Le lendemain, une nouvelle tempête de neige

survint. De nouveau, ce bas et noir nuage arriva en roulant rapidement du nord-ouest jusqu'à cacher le soleil et remplir tout le ciel, suivi de ce vent gémissant et hurlant ; il faisait tournoyer la neige jusqu'à ce qu'il ne fût plus possible de voir rien d'autre qu'un voile de blancheur.

Papa suivait la corde pour aller à l'étable et en revenir. Maman cuisinait, nettoyait, raccommodait et aidait Marie et Laura dans leurs leçons. Marie et Laura lavaient la vaisselle, faisaient leur lit, balayaient le plancher, lavaient leurs mains et leur visage et nattaient soigneusement leurs cheveux. Elles étudiaient dans leurs livres et jouaient avec Carrie et Jack. Elles dessinaient sur l'ardoise et apprenaient à Carrie son alphabet.

Marie cousait encore des carrés de tissu pour une courtepointe en patchwork. Le motif de celle que Laura commençait à présent représentait l'empreinte d'une patte d'ours et c'était un travail plus délicat que celui de Marie parce qu'il y avait des coutures en biais très difficiles à rendre lisses. Chaque couture devait être parfaite pour que Maman lui en laissât faire une autre et souvent Laura travaillait plusieurs jours sur une petite couture.

Ainsi, elles étaient occupées tout au long de la journée. Et les jours filaient, tempête après tempête. Pas plus tôt une tempête de neige se terminait-elle par une journée ensoleillée et froide qu'une autre se levait. Les jours de beau temps, Papa travaillait vite, coupant du bois, visitant ses pièges et transportant du foin des meules enneigées jusque dans l'étable. Même si le jour de soleil n'était pas un lundi, Maman lavait les vêtements et les pendait à la corde à linge où ils séchaient tout en se durcissant sous l'effet du gel. Ce jour-là, il n'y avait pas de leçons. Laura, Marie et Carrie, ficelées dans des châles épais, pouvaient jouer dehors au soleil.

Le jour suivant, un nouveau blizzard se levait mais Papa et Maman avaient tout préparé.

Si le jour de soleil était un dimanche, on entendait sonner la cloche de l'église. Pure et mélodieuse, elle résonnait dans le froid et Papa, Maman, Marie, Laura et Carrie se tenaient dehors à l'écouter.

Il n'était plus possible d'aller à l'école du dimanche : une tempête de neige pouvait survenir avant leur retour à la maison. Mais chaque dimanche, une petite école du dimanche avait lieu.

Laura et Marie récitaient des versets de la Bible. Maman lisait une histoire ou un psaume. Puis, Papa jouait des cantiques au violon et ils chantaient tous ensemble. Ils chantaient :

Quand les nuages sombres dans le ciel
 Ombrent la terre

Des rayons d'espoir illuminent ma route
Car Jésus tient ma main.

Tous les dimanches, Papa jouait et ils chantaient :

École du sabbat plus chère à mon cœur
Que le plus beau des palais
Mon cœur à jamais se tourne avec joie vers toi
Ma chère maison du sabbat.

CHAPITRE 37

LA TEMPÊTE
DE NEIGE

Une tempête de neige était en train de s'apaiser un soir à l'heure du dîner et Papa déclara :

— Demain, j'irai en ville. J'ai besoin de tabac pour ma pipe et j'ai envie d'avoir des nouvelles. As-tu besoin de quelque chose, Caroline ?

— Non, Charles, répondit Maman. N'y va pas ! Ces tempêtes arrivent si vite !

— Demain, il n'y a pas de danger, la rassura Papa. Nous venons d'avoir une tempête durant trois jours de suite. Il y a suffisamment de bois coupé pour tenir pendant la prochaine, je peux prendre le temps d'aller à la ville.

— Bon, fais comme tu l'entends, dit Maman. Mais au moins, Charles, promets-moi que tu resteras en ville si une tempête de neige se lève.

— Je n'essaierais pas de faire un pas sans me tenir solidement à une corde au milieu de l'une de ces tempêtes, dit Papa. Mais cela ne te ressemble pas, Caroline, de t'effrayer à chaque fois que je mets le pied dehors.

— C'est plus fort que moi, expliqua Maman. Je ne suis pas très rassurée que tu partes. J'ai un pressentiment. C'est stupide, je suppose.

Papa se mit à rire :

— Je vais rentrer le bois pour le cas où je devrais rester en ville.

Il remplit la caisse à bois et empila les petites bûches sur une grande hauteur tout autour. Maman insista pour qu'il mît une paire de chaussettes supplémentaires afin d'éviter que ses pieds gèlent. Ainsi donc, Laura apporta le tire-botte et Papa retira ses bottes et enfila une autre paire de chaussettes sur celles qu'il portait déjà. Maman lui donna la nouvelle paire qu'elle venait juste de finir de tricoter avec de la laine épaisse et chaude.

— J'aimerais que tu aies un manteau de bison, dit Maman. Ce vieux manteau est trop élimé.

— Et je voudrais que tu portes des diamants,

dit Papa. Ne t'inquiète pas, Caroline. Le printemps ne va plus tarder.

Papa leur sourit pendant qu'il attachait la ceinture de son vieux manteau râpé et mettait son chapeau de feutre.

— Ce vent est si froid, Charles, s'inquiéta Maman. Couvre bien tes oreilles.

— Pas ce matin! protesta Papa. Laisse le vent siffler. Maintenant, les filles soyez sages jusqu'à mon retour.

Et ses yeux pétillèrent en regardant Laura au moment où il referma la porte derrière lui.

Après avoir lavé et essuyé la vaisselle, balayé le plancher, fait leur lit et épousseté, Laura et Marie s'installèrent avec leurs livres. Mais la maison était si douillette et si jolie que Laura ne pouvait en détacher son regard.

Le fourneau noir reluisait, tant il était astiqué. Une marmite de haricots bouillonnait sur le dessus et le pain cuisait dans le four. Le soleil dardait ses rayons à travers les vitres étincelantes entre les rideaux liserés de rose. La nappe à carreaux rouges recouvrait la table. A côté de la pendule, sur son étagère, se tenaient le petit chien brun et blanc de Carrie et la jolie boîte à bijoux de Laura. Et, la petite bergère rose et blanche souriait sur la console en bois foncé.

Maman avait apporté sa boîte à couture jusqu'à son fauteuil à bascule près de la fenêtre et Carrie s'assit sur le tabouret à côté de ses genoux. Pendant que Maman se balançait et raccommodait, Laura entendait Carrie épeler les lettres dans son alphabet. Carrie disait grand A et petit a, grand B et petit b puis elle riait, parlait et regardait les images. Elle était encore si petite qu'elle n'avait pas à rester sage et studieuse.

La pendule sonna midi. Laura regarda remuer son balancier et avancer les aiguilles noires sur le cadran rond et blanc. C'était l'heure pour Papa de rentrer. Les haricots et le pain étaient cuits. Tout était prêt pour le déjeuner de Papa.

Les yeux de Laura se tournèrent vers la fenêtre. Elle regarda un moment dehors avant de comprendre que le soleil avait quelque chose d'anormal.

— Maman! cria-t-elle. La soleil a une drôle de couleur.

Maman leva les yeux de son raccommodage, alarmée. Elle alla rapidement dans la chambre d'où elle pouvait voir vers le nord-ouest et elle revint lentement.

— Vous pouvez ranger vos livres, les filles, dit-elle. Habillez-vous chaudement pour aller chercher du bois. Si Papa n'a pas pris le chemin du retour, il restera à la ville et nous aurons besoin de plus de bois dans la maison.

De la pile de bois, Laura et Marie aperçurent le nuage noir arriver. Elles se dépêchèrent, coururent mais n'eurent que le temps de rentrer dans la maison avec leur brassée de bois avant que la tempête éclatât en grondant. Elle semblait en colère que Laura et Marie aient pu rentrer du bois. La neige tourbillonnait en flocons si serrés qu'elles ne pouvaient pas voir la porte et Maman leur dit :

— Ça suffit pour maintenant. La tempête peut devenir beaucoup plus violente et il se peut que Papa arrive dans quelques minutes.

Marie et Laura retirèrent leurs châles et réchauffèrent leurs mains gelées. Puis, elles attendirent Papa.

Le vent gémissait, mugissait et raillait tout autour de la maison. La neige battait contre les fenêtres blanches. La grande aiguille de la pendule tournait lentement autour de son cadran. La petite arriva sur un puis sur deux.

Maman servit trois bols de haricots chauds. Elle rompit une miche de pain tout chaud.

— Venez, les filles, dit-elle. Vous feriez aussi bien de déjeuner. Papa a dû rester en ville.

Elle avait oublié de remplir un bol pour elle. Puis, elle oublia de manger jusqu'à ce que Marie le lui fît remarquer. Même alors, elle ne mangea pas vraiment. Elle dit qu'elle n'avait pas faim.

La tempête s'intensifiait. La maison frissonnait dans le vent. Le froid soufflait à ras du plancher et la neige poudreuse s'infiltrait par les fentes des fenêtres et sous la porte que Papa avait pourtant construites si ajustées.

— Papa est sûrement resté en ville, dit Maman. Il passera la nuit là-bas et je ferais mieux d'aller à l'étable maintenant.

Maman enfila les vieilles bottes hautes que Papa mettait pour aller à l'étable. Ses petits pieds nageaient dedans mais ils seraient protégés de la neige. Elle ferma bien la vareuse de Papa

sur sa poitrine et attacha la ceinture autour de sa taille. Elle noua la capuche autour de son cou et enfila ses gants.

— Est-ce que je peux venir avec toi, Maman? demanda Laura.

— Non, répondit Maman. Maintenant, écoute-moi bien! Fais attention au feu. Personne d'autre que Marie ne doit toucher au fourneau, quel que soit le temps que je serai partie. Personne ne doit sortir dehors ou même ouvrir une porte jusqu'à mon retour.

Elle mit le seau à lait à son bras et tendit la main dans la tourmente de neige jusqu'à ce qu'elle eût saisi la corde à linge, puis elle referma la porte de derrière.

Laura courut à la fenêtre noire mais elle ne pouvait apercevoir Maman. Elle ne voyait que le blanc houleux se cognant contre les carreaux. Le vent mugissait, grondait et râlait. On avait l'impression d'entendre des voix.

Maman devait avancer pas à pas, tenant fermement la corde à linge. Elle devait arriver au poteau et poursuivre à l'aveuglette dans la neige cinglante qui fouettait ses joues. Laura essayait d'imaginer chaque pas que faisait Maman. Maintenant, Maman se cognait sûrement contre la porte de l'étable.

Maman devait ouvrir la porte et entrait dans un flot de neige. Elle refermait rapidement la

314

porte et poussait le loquet. Les animaux répandaient une douce chaleur dans l'étable et l'air y était humide de leur haleine. Ce devait être calme là-bas. La tempête grondait dehors mais les murs en mottes gazonnées étaient épais. A présent, Sam et David tournaient la tête vers Maman.

La vache meuglait d'un ton cajoleur :

— Meuh!

Et le grand veau beuglait :

— Beuh!

Les poulets grattaient çà et là et l'une des poules se parlait toute seule :

— Cot! Cot! Cot!

Maman nettoyait les boxes avec la fourche, jetant les vieilles litières sur le tas de fumier. Puis, elle prenait le foin qu'ils avaient laissé dans les mangeoires et l'étendait sur le sol pour en faire de nouvelles litières.

Maman remplissait ensuite les quatre mangeoires de foin frais. Sam, David, Spot et son veau mâchaient le bon foin croquant. Ils n'avaient pas très soif parce que Papa leur avait donné à boire avant d'aller en ville.

Avec le vieux couteau que Papa gardait près du tas de navets, Maman coupait des navets. Elle en mettait quelques-uns dans chacune des mangeoires et maintenant les chevaux, la vache et son veau faisaient craquer sous leurs dents les navets croustillants. Maman regardait l'écuelle des poules pour s'assurer qu'il leur restait assez d'eau. Elle leur jetait un peu de blé et leur donnait un navet à picorer.

Maintenant, elle devait être en train de traire Spot. Laura attendit d'être certaine que Maman raccrochait le tabouret. Ayant bien refermé la porte de l'étable derrière elle, Maman devait revenir à la maison en se tenant à la corde.

Mais Maman n'arriva pas. Laura attendit un long moment. Elle prit la décision d'attendre plus longtemps et elle attendit. A présent, le vent secouait la maison. La neige, dont les flocons ressemblaient à des grains de sucre, couvrait le rebord de la fenêtre et tombait sur le plancher où elle ne fondait pas.

Laura frissonna dans son châle. Elle continua à fixer les carreaux blancs de la fenêtre, écoutant le bruissement de la neige, les hurlements et les railleries du vent. Elle pensait aux enfants dont le Papa et la Maman n'étaient jamais revenus, qui brûlèrent tous les meubles et moururent de froid.

Alors, Laura ne put supporter plus longtemps de rester immobile. Le feu flambait bien mais ne chauffait vraiment qu'une partie de la pièce. Laura tira le fauteuil à bascule près de la porte ouverte du four, installa Carrie dedans et défroissa sa robe. Carrie se balança gaiement pendant que Laura et Marie attendaient toujours.

Enfin, la porte de derrière s'ouvrit brusquement. Laura se précipita vers Maman. Marie s'empara du seau à lait tandis que Laura dénouait sa capuche. Maman avait trop froid et le souffle trop court pour pouvoir parler. Elles l'aidèrent à ôter la vareuse.

La première chose que dit Maman fut :

— Est-ce qu'il reste du lait?

Il y avait un peu de lait au fond du seau qui avait gelé en partie.

— Ce vent est terrible, dit Maman.

Elle réchauffa ses mains puis elle alluma la lampe et la déposa sur le rebord de la fenêtre.

— Pourquoi fais-tu cela, Maman, lui demanda Marie.

Et Maman répondit :

— Tu ne trouves pas que c'est joli cette lumière qui se reflète sur la neige dehors?

Quand Maman se fut reposée, elles dînèrent de pain et de lait. Puis, elles allèrent s'asseoir en silence près du fourneau et écoutèrent. On entendait les voix gémir et hurler dans le vent, la maison craquait et la neige susurrait.

— Allons! dit Maman. Jouons au « Haricot chaud »! Marie et Laura, jouez ensemble et toi, Carrie, lève tes mains, nous allons le faire plus vite qu'elles.

Marie et Laura, Maman et Carrie jouèrent donc au jeu du « Haricot chaud » de plus en plus vite et elles riaient tant qu'elles perdirent le rythme. Ensuite, Marie et Laura firent la vaisselle du dîner et Maman se mit à son tricot.

Carrie voulut encore jouer au « Haricot chaud » et l'une après l'autre, Marie et Laura jouèrent de nouveau avec elle. Dès qu'elles s'arrêtaient, Carrie criait :

— Encore! Encore!

Les voix de la tempête gémissaient, ricanaient, hurlaient et la maison tremblait. Laura tapait dans les mains de Carrie :

Certains l'aiment chaud,
Certains l'aiment froid,
Certains l'aiment dans l' pot
Depuis neuf jours...

Le tuyau de poêle fit un bruit de ferraille. Laura leva les yeux et cria :

— Maman! La maison brûle!

Une boule de feu descendait dans le tuyau de poêle. Elle était plus grande que la plus grosse des pelotes de fil de Maman. Elle traversa le four en roulant et tomba sur le plancher comme Maman se levait d'un bond. Elle souleva ses jupes et frappa dessus de son pied mais la boule de feu parut sauter à travers son pied et elle

318

roula jusqu'au tricot que Maman avait laissé tomber.

Maman essaya de la pousser dans le garde-cendres. La boule courut vers les aiguilles à tricoter. Une autre boule de feu avait roulé dans le tuyau de poêle et une autre encore. Elles roulaient par terre après les aiguilles à tricoter sans brûler le plancher.

— Mon Dieu! cria Maman.

Elles regardaient les boules de feu courir et soudain il n'y en eut plus que deux qui disparurent à leur tour. Personne n'avait vu où elles étaient parties.

— C'est la chose la plus étrange que j'aie jamais vue, dit Maman.

Elle était effrayée.

Tous les poils de Jack se dressaient sur son dos. Il alla jusqu'à la porte, leva le museau et hurla.

Marie se blottit sur sa chaise et Maman mit les mains sur ses oreilles.

— Par pitié, Jack, tais-toi! supplia-t-elle.

Laura courut vers Jack mais il ne voulait pas être caressé. Il retourna dans son coin et s'allongea le museau sur ses pattes, le poil hérissé et les yeux brillant dans l'ombre.

Maman prit Carrie dans ses bras et Laura et Marie se pelotonnèrent aussi contre elle dans le fauteuil à bascule. Elles entendaient les voix sauvages de la tempête de neige et sentaient les yeux de Jack briller dans le noir. Maman dit enfin :

— Vous feriez mieux d'aller au lit, les filles. Plus tôt vous vous endormirez, plus tôt le jour se lèvera.

Maman leur donna un baiser en leur souhaitant une bonne nuit et Marie grimpa à l'échelle du grenier. Mais Laura s'arrêta à mi-hauteur. Maman était en train de réchauffer la chemise de nuit de Carrie près du four. Laura lui demanda tout bas :

— Papa est resté en ville, n'est-ce pas ?

Maman ne releva pas les yeux. Elle répondit avec entrain :

— Quelle idée ! Certainement, Laura. Maintenant, M. Fitch et Papa sont sans aucun doute assis près du fourneau à se raconter des histoires et plaisanter.

Laura alla se coucher. Au milieu de la nuit, elle se réveilla et aperçut la clarté de la lampe qui éclairait la trappe. Elle se glissa hors de son lit et s'agenouilla sur le plancher pour regarder en bas.

Maman était assise dans son fauteuil. Elle baissait la tête. Elle ne bougeait pas mais ses yeux étaient ouverts et elle regardait ses mains serrées sur ses genoux. La lampe brillait toujours à la fenêtre.

Laura regarda un long moment. Maman ne bougea pas, la lampe continuait à briller. La tempête de neige mugissait et poursuivait de ses hululements les choses qui s'enfuyaient en criant à travers l'immensité noire tout autour de la maison remplie d'effroi.

Finalement, Laura retourna silencieusement dans son lit et s'allongea en frissonnant.

CHAPITRE 38

LE JOUR DES JEUX

Il était tard, quand le lendemain matin, Maman appela Laura pour le petit déjeuner. La tempête de neige redoublait de fureur et de violence. La gelée, telle une fourrure blanche, recouvrait les fenêtres; et à l'intérieur de cette bonne maison de bois aux planches si bien ajustées, la neige en grains de sucre recouvrait le sol et les couvertures. Il faisait si froid en haut que Laura ramassa ses affaires et descendit s'habiller près du fourneau.

Marie était déjà habillée et elle boutonnait Carrie. De la bouillie de farine de maïs chaude, du lait, du pain blanc frais et du beurre attendaient sur la table. La lumière du jour était d'une blancheur maussade. Chaque carreau était revêtu d'une épaisse couche de gel.

Maman grelottait au-dessus du fourneau.

— Bon! dit-elle. Il faut nourrir les bêtes.

Maman enfila les bottes de Papa, sa vareuse et elle s'enveloppa dans le grand châle. Elle dit à Marie et Laura qu'elle serait absente plus longtemps cette fois parce qu'il fallait donner à boire aux chevaux, à la vache et à son veau.

Quand Maman fut partie, Marie resta apeurée et silencieuse. Mais Laura ne pouvait supporter de rester sans rien faire.

— Viens! dit-elle à Marie. Nous avons du travail.

Elles lavèrent et essuyèrent la vaisselle. Elles secouèrent la neige de leurs couvertures et firent leur lit. Elles se réchauffèrent près du fourneau puis l'astiquèrent et Marie nettoya la caisse à bois pendant que Laura balayait le plancher.

Maman n'était pas revenue. Laura prit donc un chiffon et essuya le rebord des fenêtres, les bancs et chaque recoin du fauteuil à bascule en saule de Maman. Elle grimpa sur un banc et épousseta avec précaution l'étagère où se trouvait la pendule, la pendule elle-même, le petit chien aux taches brunes et sa boîte à bijoux avec la théière dorée, la soucoupe et la tasse. Mais elle ne toucha pas à la petite bergère en porcelaine qui se trouvait sur la console et que Papa avait sculptée pour Maman. Maman ne permettait à personne de toucher à la bergère.

Pendant que Laura époussetait, Marie coiffa les cheveux de Carrie et mit la nappe à carreaux rouges sur la table. Puis, elle sortit les livres de classe et l'ardoise.

Enfin, le vent hurla dans l'appentis et Maman entra dans un nuage de neige.

Sa jupe et son châle étaient gelés. Maman avait dû tirer de l'eau du puits pour les chevaux, Spot et le veau. Le vent avait renversé l'eau sur elle et le froid avait durci ses habits trempés. Elle n'avait pas réussi à atteindre l'étable avec suffisamment d'eau mais sous son châle glacé, elle avait sauvé presque tout le lait.

Maman se reposa un moment puis elle dit qu'elle devait rentrer du bois. Marie et Laura la prièrent de les laisser le faire à sa place mais Maman déclara :

— Non, les filles. Vous n'êtes pas assez grandes et vous vous perdriez. Vous ne savez pas ce que c'est qu'une tempête comme celle-là. Je vais chercher le bois. Vous m'ouvrirez.

Maman entassa le bois sur la caisse et autour d'elle pendant que Laura et Marie ouvraient et fermaient la porte. Puis, Maman se reposa et elles épongèrent les flaques que faisait la neige en fondant le long des bûches.

— Vous êtes de bonnes petites filles, leur dit Maman.

Elle jeta un coup d'œil autour de la pièce et les félicita d'avoir si bien arrangé la maison durant son absence.

— Maintenant, dit-elle, vous pouvez apprendre vos leçons.

Laura et Marie s'assirent devant leurs livres. Laura regarda la page attentivement mais elle n'arrivait pas à étudier. Elle entendait la tempête hurler et elle entendait des choses gémir et crier dans l'air. La neige susurrait contre les carreaux. Laura essaya de ne pas penser à Papa. Soudain, les mots de la page se brouillèrent et une goutte d'eau tomba sur eux.

Elle eut honte. Même pour Carrie, il serait honteux de pleurer et Laura avait huit ans. Elle regarda en biais pour s'assurer que Marie n'avait pas vu cette larme couler. Marie fermait les yeux si fort que tout son visage était contracté et que ses lèvres tremblaient.

— Je ne crois pas que vous ayez envie d'apprendre vos leçons, les filles, dit Maman. Supposez que nous ne fassions rien d'autre aujourd'hui que jouer. Pensez à quoi nous jouerons en premier. Au jeu des quatre coins, cela ne vous plairait pas ?

— Oh oui, répondirent-elles.

Laura se mit dans un coin, Marie dans un

autre et Carrie dans le troisième. Il n'y avait que trois coins parce que le fourneau était dans le quatrième. Maman resta au milieu de la pièce et cria :

— Pauvre minet veut un coin!

Alors, elles s'élancèrent toutes à la fois de leur coin pour essayer d'aller dans un autre. Jack était excité. Maman se jeta dans le coin de Marie et Marie devint le pauvre minet. Puis, Laura tomba sur Jack et ce fut à son tour de l'être. Au début Carrie courait en riant où il ne fallait pas mais elle apprit vite.

Maman, Marie, Laura et Carrie coururent jusqu'à ce que, d'avoir tant couru, crié et ri, elles ne puissent plus respirer. Elles durent se reposer et Maman dit :

— Apportez-moi l'ardoise et je vous raconterai une histoire.

— Pourquoi as-tu besoin d'une ardoise pour raconter une histoire? demanda Laura en posant l'ardoise sur les genoux de Maman.

— Tu vas voir, répondit Maman.

Et elle raconta :

« Loin, dans les bois, il y avait une mare, comme ceci :

« La mare était pleine de poissons, comme cela :

« Un peu plus bas que la mare vivaient deux pionniers, chacun dans une petite tente parce qu'ils n'avaient pas encore construit leurs maisons :

« Ils allaient souvent à la mare pour pêcher et ils tracèrent deux chemins, comme ceci :

« Un peu en retrait de la mare, vivaient une vieille femme et un vieil homme dans une petite maison avec une fenêtre :

« Un jour, la vieille femme alla à la mare pour remplir un seau d'eau :

« Et elle vit tous les poissons s'envoler de la mare, comme cela :

« La vieille femme revint en courant, le plus vite qu'elle put, dire au vieil homme : « Tous les poissons s'envolent! » Le vieil homme pointa son long nez hors de la maison pour regarder :

« Et il dit : « Peuh! Ce ne sont que des têtards! »

— C'est un oiseau! cria Carrie et elle tapa dans ses mains et rit jusqu'à tomber du petit tabouret.

Laura et Marie rirent aussi et se firent cajoleuses :

— Racontes-en une autre, Maman, s'il te plaît!

— Bon, s'il le faut, dit Maman et elle commença.

— Voici la maison que Jack a construite pour deux sous.

Maman couvrit les deux côtés de l'ardoise des dessins de cette histoire puis elle laissa Marie et Laura la lire et regarder les dessins aussi longtemps qu'elles le voulaient. Elle demanda enfin :

— Marie, peux-tu raconter cette histoire?

— Oui, répondit Marie.

Maman essuya l'ardoise et la donna à Marie.

— Écris-la sur l'ardoise alors, dit-elle. Laura et Carrie, j'ai de nouveaux jouets pour vous.

Maman tendit son dé à Laura et celui de Marie à Carrie et elle leur montra comment, en appuyant les dés sur le gel des carreaux, on obtenait des cercles parfaits. Elles pouvaient faire des dessins.

Avec les cercles du dé, Laura fit un arbre de Noël. Elle dessina des oiseaux en train de voler et une maison en rondins avec de la fumée qui sortait de la cheminée. Elle fit même un bon-homme rondouillard et une bonne femme ron-delette. Carrie ne faisait que des cercles.

Quand Laura eut utilisé tout l'espace sur les carreaux et que Marie leva les yeux de l'ardoise, la pièce était sombre. Maman leur sourit.

— Nous avons été si occupées que nous avons oublié le déjeuner, dit-elle. Venez dîner maintenant.

— Est-ce que tu ne dois pas aller t'occuper des bêtes? demanda Laura.

— Pas ce soir, répondit Maman. Il était si tard quand je leur ai donné à manger ce matin qu'elles pourront attendre jusqu'à demain. Peut-être la tempête sera-t-elle moins forte alors.

Tout à coup Laura se sentit triste. Marie aussi et Carrie pleurnicha :

— Je veux Papa !

— Tais-toi, Carrie ! dit Maman.

Et Carrie se tut.

— Nous ne devons pas nous inquiéter pour Papa, dit Maman avec assurance. Elle alluma la lampe mais elle ne la posa pas sur la fenêtre.

— Venez dîner maintenant, répéta-t-elle. Et après, nous irons toutes au lit.

CHAPITRE 39

LE TROISIÈME JOUR

Toute la nuit, le vent secoua et ébranla la maison. Le lendemain matin, la tempête soufflait plus fort que jamais. Les bruits du vent étaient plus terribles encore et la neige cinglait les fenêtres avec un claquement glacial.

Maman se prépara pour aller à l'étable.

— Prenez votre petit déjeuner, les filles, et faites attention au feu, recommanda-t-elle.

Puis, elle sortit dans la tempête de neige.

Ce fut une longue journée maussade. Maman, Marie, Laura et Carrie se serrèrent contre le fourneau mais le froid transperçait leur dos. Carrie était agitée et le sourire de Maman fatigué. Laura et Marie étudièrent avec ardeur mais sans pouvoir retenir leurs leçons. Les aiguilles de la pendule tournaient si lentement qu'elles semblaient immobiles.

Finalement, la lumière grise s'estompa et la nuit s'installa à nouveau. La lumière de la lampe éclairait les murs en bois et les fenêtres couvertes de gelée blanche. Si Papa avait été là, il aurait joué du violon et tout aurait été chaud et joyeux.

— Venez! Venez! dit Maman. Il ne faut pas rester assises comme cela. N'aimeriez-vous pas jouer au jeu du berceau?

Jack n'avait pas touché à son repas. Il poussa un long soupir mélancolique dans son coin. Marie et Laura se regardèrent et Laura dit :

— Non, merci, Maman. Nous allons nous coucher.

Laura blottit son dos contre celui de Marie dans le lit glacé. La tempête de neige secouait la maison qui craquait et grelottait. La neige frappait contre le toit. Laura rentra sa tête sous les couvertures mais les cris de la tempête étaient plus horribles que ceux des loups. Des larmes froides coulèrent le long de ses joues.

CHAPITRE 40

LE QUATRIÈME JOUR

Le lendemain matin, les bruits que l'on entendait dans le vent avaient disparu. Seul, un long cri plaintif et continu persistait. Cependant, le feu ronflant dans le fourneau ne procurait qu'une faible chaleur.

— Il fait encore plus froid, dit Maman. N'essayez pas de faire le ménage à fond. Enveloppez-vous dans vos châles et restez avec Carrie près du fourneau.

Peu après que Maman fut rentrée de l'étable, le gel qui recouvrait la fenêtre de l'est s'éclaira d'une pâle clarté jaune. Laura courut souffler sur le carreau et elle gratta la glace pour faire un petit trou. Dehors, le soleil brillait!

Maman regarda, puis Marie et Laura contemplèrent chacune leur tour la neige qui se soulevait par nappes au-dessus de la terre. Le ciel ressemblait à de la glace. Même l'air paraissait froid au-dessus de ce flot de neige tempétueux et le soleil qui filtrait à travers le petit trou n'était pas plus chaud qu'une ombre.

Laura aperçut quelque chose de sombre sur l'un des côtés du petit trou. Un gros animal à fourrure avançait lentement dans la rafale de neige. Un ours, pensa-t-elle. Il contourna à pas traînants le coin de la maison et fit une tache d'ombre sur la fenêtre de devant.

— Maman! cria Laura.

La porte s'ouvrit. L'animal à fourrure couvert de neige entra. Les yeux de Papa émergèrent de son visage. La voix de Papa dit :

— Est-ce que vous avez été sages pendant mon absence?

Maman courut vers lui. Criant et riant, Laura, Marie et Carrie l'imitèrent. Maman l'aida à retirer son manteau. La fourrure était pleine de neige qui tomba sur le plancher. Papa laissa aussi tomber le manteau.

— Charles! tu es mort de froid, s'écria Maman.

— Plus ou moins, dit Papa. Et j'ai une faim de loup. Laisse-moi m'asseoir à côté du feu,

Caroline, et donne-moi quelque chose à manger.

Son visage était maigre et ses yeux agrandis. Il s'assit en grelottant près du four et il expliqua qu'il avait seulement froid mais que ni ses oreilles, ni son nez, ni ses mains ni ses pieds n'étaient gelés. Maman réchauffa rapidement du potage aux haricots et le lui donna.

— C'est bon, dit-il. Ça réchauffe un homme.

Maman lui retira ses bottes et Papa présenta ses pieds à la chaleur du four.

— Charles, demanda Maman. As-tu... Où étais...?

Debout, Maman souriait, mais ses lèvres tremblaient.

— Voyons, Caroline, est-ce que tu t'inquiètes encore pour moi? demanda Papa. Je ne pouvais pas manquer de rentrer à la maison pour prendre soin de toi et des filles.

Il hissa Carrie sur ses genoux, posa un bras autour de Laura et l'autre autour de Marie.

— Qu'as-tu pensé, Marie?

— J'ai pensé que tu reviendrais, répondit Marie.

— Bravo, voilà une fille! Et toi, Laura?

— Je ne croyais pas que tu étais avec M. Fitch en train de vous raconter des histoires, répondit Laura. Je, je le souhaitais très fort.

— Là, Caroline! Comment un homme pourrait-il ne pas rentrer chez lui? Sers-moi encore de ce potage et je te raconterai tout.

Elles attendirent pendant que Papa se reposait, mangeait son potage de haricots avec du pain et buvait du thé chaud. La neige fondait dans ses cheveux et sa barbe humide. Maman les sécha avec une serviette. Papa prit sa main, l'attira près de lui et lui demanda :

— Caroline, sais-tu ce que ce temps signifie? Il signifie que nous aurons une magnifique récolte de blé l'an prochain.

— Vraiment, Charles? dit Maman.

— Il n'y aura pas de sauterelles cet été. En ville, on raconte que les sauterelles ne viennent que lorsque les étés sont chauds et secs après un hiver doux. Il est tombé tellement de neige cette année que nous allons avoir de belles récoltes l'an prochain.

— C'est une bonne chose, Charles, affirma Maman.

— Eh bien, ils parlaient de tout ça dans le magasin mais je savais que je devais rentrer à la maison. J'étais sur le point de partir quand M. Fitch m'a montré le manteau de bison. Il l'avait acheté bon marché à un homme qui allait vers l'est par le dernier train et avait besoin d'argent pour payer son ticket. Fitch me dit que je pouvais avoir le manteau pour dix dollars. Dix dollars, ce n'est pas rien, mais...

— Je suis heureuse que tu aies décidé

d'acheter ce manteau, Charles, dit Maman.

— Les choses ayant ainsi tourné, ce fut une bonne chose en effet quoi que je ne m'en doutais pas à ce moment-là. Mais, sur le chemin de la ville, le vent me transperça littéralement. Il faisait un froid à geler sur place un mammouth et mon vieux manteau ne coupait même pas le vent. Aussi, quand Fitch me dit que je pourrais le payer au printemps prochain au moment où je vendrai les fourrures que j'ai attrapées, j'enfilai ce manteau de bison par-dessus le vieux.

« Aussitôt que je fus dans la prairie, je vis le nuage au nord-ouest mais il était si petit et si lointain que j'ai cru pouvoir arriver avant lui à la maison. Je me mis à courir assez vite, pourtant je n'avais parcouru que la moitié du chemin quand la tempête m'a atteint. Je ne voyais pas ma main devant mon visage.

« Il n'y aurait pas de problème si ces vents de blizzard n'arrivaient pas de toutes les directions à la fois. Je ne sais pas comment c'est possible. Quand une tempête souffle du nord-ouest, un homme doit être capable de se diriger droit vers le nord en gardant le vent sur sa joue gauche. Mais un homme ne peut rien faire dans un blizzard.

« Toutefois, il me semblait que j'aurais dû pouvoir marcher droit devant moi, même si je ne voyais rien ni ne pouvais me fixer sur quoi que ce soit pour me repérer. C'est pourquoi je continuai à marcher droit devant moi. C'est du moins ce que je pensais jusqu'au moment où je compris que je m'étais perdu. J'avais parcouru trois bons kilomètres sans atteindre le ruisseau et je n'avais aucune idée de la direction à prendre. La seule chose à faire était de continuer à avancer. Je devais marcher jusqu'à ce que la tempête diminuât. Si je m'arrêtais, je gèlerais sur place.

« Je pris donc la résolution de faire preuve de plus d'endurance que la tempête. Je marchai, marchai... Je n'y voyais pas plus que si j'avais été complètement aveugle. Je n'entendais rien d'autre que le vent. Je continuai à marcher dans cette fourrure blanche. Je ne sais pas si vous avez remarqué, on a l'impression d'entendre des voix hurler et crier dans ces tempêtes. »

— Oui, Papa, je les ai entendues, dit Laura.

— Moi aussi, ajouta Marie.

Et Maman hocha la tête.

— Et les boules de feu? dit Laura.

— Des boules de feu? demanda Papa.

— Ça peut attendre, Laura, dit Maman. Continue, Charles. Qu'est-ce que tu as fait?

— J'ai continué à marcher, répondit Papa. J'ai marché jusqu'à ce que la fourrure blanche devienne grise puis noire. J'ai su alors que la nuit était tombée. J'estimai que j'avais marché quatre heures de suite et ces tempêtes durent trois jours et trois nuits. Mais je continuai à marcher.

Papa fit une pause et Maman lui dit :

— J'avais allumé la lampe sur la fenêtre pour toi.

— Je ne l'ai pas vue, dit Papa. Je continuais à m'efforcer de voir quelque chose mais je ne voyais rien que du noir. Puis, soudain quelque chose céda sous mes pieds et je fis une chute d'au moins trois mètres. Sur le moment, cela me sembla encore plus profond.

« Je n'avais pas la moindre idée de ce qui était arrivé ni d'où je me trouvais. Mais j'étais à l'abri du vent. Le blizzard criait et hurlait au-dessus de moi mais l'air était assez calme dans cet endroit. Je me mis à tâtonner autour de moi. La neige s'amoncelait sur trois côtés et une espèce de mur en terre nue formait le quatrième qui s'inclinait en pente douce.

« Il ne me fallut pas longtemps pour penser que j'avais dû marcher le long de quelque ravine quelque part dans la prairie. Je rampai à reculons et je sentis un sol solide contre mon dos et au-dessus de ma tête. J'étais comme un ours dans sa tanière. Je ne croyais pas courir le risque de geler dans ce trou, à l'abri du vent et avec le manteau de bison pour me tenir chaud. Aussi, étant bien fatigué, je me recroquevillai dedans et me préparai à dormir pour garder mes forces.

« Ma foi, j'étais bien content d'avoir ce manteau, un bon chapeau chaud avec des oreillettes et une deuxième paire de chaussettes épaisses, Caroline.

« Quand je me réveillai, j'entendis souffler la tempête mais faiblement. En face de moi, il y avait de la neige durcie et recouverte de glace, là où mon souffle l'avait fait fondre. La tempête de neige avait bouché le trou que j'avais fait en tombant. Il devait bien y avoir deux mètres de neige au-dessus de moi mais l'air était bon. Je fis bouger mes bras, mes jambes, mes doigts, mes orteils, je touchai mon nez et mes oreilles pour m'assurer qu'ils ne gelaient pas. La tempête grondait toujours au-dessus de moi, aussi je me rendormis.

« Combien de temps a-t-elle duré, Caroline? »

— Trois jours et trois nuits, répondit Maman. C'est le quatrième jour.

Papa demanda alors à Marie et Laura :

— Savez-vous quel jour nous sommes aujourd'hui?

— C'est dimanche? tâcha de deviner Marie.

— C'est la veille de Noël, dit Maman.

Laura et Marie avaient complètement oublié Noël. Laura demanda :

— As-tu dormi tout le temps, Papa?

— Non, répondit Papa. J'ai continué à dormir puis je me suis réveillé en ayant faim. Je me suis endormi à nouveau en me réveillant cette fois tout à fait affamé. Je voulais rapporter à la maison quelques biscuits salés pour Noël. Ils se trouvaient dans l'une des poches du manteau de bison. Je sortis une poignée de ces biscuits de leur sac en papier et je les mangeai. Je ramassai aussi une poignée de neige que je suçai en guise de

boisson. Puis, tout ce que je pouvais faire était de m'allonger et d'attendre la fin de la tempête.

« Crois-moi, Caroline, c'était vraiment très dur de rester ainsi en pensant à toi et aux filles et en sachant que tu sortirais dans la tempête pour aller t'occuper des bêtes. Mais je savais que je ne pouvais pas atteindre la maison avant la fin de la tempête.

« C'est pourquoi j'attendis un long moment jusqu'à ce que la faim devînt si intense que je mangeai tout le reste des biscuits salés. Ils n'étaient pas plus gros que le bout de mon pouce. Chacun d'eux ne faisait pas même une bouchée et toute leur demi-livre ne fut pas très nourrissante.

« Je continuai à attendre et à dormir un peu. Je devinai que la nuit était tombée de nouveau. Quand je me réveillais, j'écoutais attentivement et je pouvais entendre le son étouffé de la tempête. Je compris alors que la neige s'épaississait au-dessus de moi mais au fond de ma tanière, l'air était encore respirable. La chaleur de mon sang m'empêchait d'avoir trop froid.

« J'essayai de dormir le plus possible mais la faim me tenait éveillé et finalement, elle me dévora tant que je ne pus plus dormir du tout. J'étais déterminé à ne pas le faire, les filles, à résister, mais après quelque temps, je n'ai pu m'en empêcher. J'ai sorti le sac en papier qui se trouvait dans la poche intérieure de mon vieux manteau et j'ai mangé tous les bonbons de Noël les uns après les autres. Je suis désolé. »

Laura et Marie, chacune de leur côté, embrassèrent Papa. Elles l'étreignirent très fort et Laura dit :

— Oh Papa, je suis si contente que tu l'aies fait !

— Moi aussi, Papa ! Moi aussi ! ajouta Marie.

Elles étaient vraiment contentes.

— Bien, dit Papa. Nous aurons une belle récolte de blé cet été et vous les filles, vous n'aurez pas besoin d'attendre le prochain Noël ! pour avoir des bonbons.

— Est-ce que c'était bon, Papa ? demanda Laura. Est-ce que tu t'es senti mieux après les avoir mangés ?

— C'était très bon et je me suis senti beaucoup mieux après, répondit Papa. Je me suis rendormi pour de bon et j'ai dû dormir presque toute la journée d'hier et presque toute la nuit. Soudain, je me réveillai en sursaut. Je n'entendais plus un bruit.

« Est-ce que maintenant je me trouvais si profondément enterré sous la neige que le bruit de la tempête ne parvenait plus jusqu'à moi ou bien avait-elle cessé ? J'écoutai de toutes mes oreilles. C'était si calme que je pouvais entendre le silence.

« Alors, les filles, je commençai à creuser dans la neige comme un blaireau. Je ne fus pas long à percer un trou pour sortir. Je débouchai au sommet de ce banc de neige et où croyez-vous que j'étais?

« Sur la rive du ruisseau Plum! Juste en amont de l'endroit où nous avons posé l'attrape-poissons, Laura. »

— Mais je peux voir cet endroit depuis la fenêtre, dit Laura.

— Oui, et je voyais la maison, dit Papa.

Pendant tout ce temps, si long et si horrible, il avait été si proche! La lumière de la lampe sur la fenêtre n'avait pas réussi à percer dans la tempête, sinon il l'aurait aperçue.

— J'avais les jambes si raides et si engourdies que je pus à peine me tenir debout. Mais je voyais la maison et je me mis en route aussi vite que je le pus. Et me voilà! termina-t-il en serrant Laura et Marie dans ses bras.

Puis, Papa alla jusqu'au manteau de bison et il sortit de l'une des poches une boîte plate en fer-blanc. Il demanda :

— Que pensez-vous que j'aie rapporté pour le repas de Noël?

Elles ne purent deviner.

— Des huîtres! dit Papa. De belles huîtres fraîches! Elles étaient congelées quand je les ai achetées et elles le sont toujours. Il vaut mieux les mettre dans l'appentis, Caroline, comme cela elles le resteront jusqu'à demain.

Laura toucha la boîte. Elle était aussi froide que la glace.

— J'ai mangé les biscuits salés et les bonbons de Noël mais sacrebleu, dit Papa, j'ai rapporté les huîtres à la maison!

CHAPITRE 41

LE SOIR DE NOËL

Papa alla de bonne heure à l'étable ce soir-là et Jack l'accompagna sans le quitter d'une semelle. Jack n'avait pas l'intention de perdre Papa de vue une nouvelle fois.

Ils rentrèrent frigorifiés et tout couverts de neige. Papa frappa le sol de ses pieds pour faire tomber la neige et il suspendit son vieux manteau et son chapeau au clou près de la porte de l'appentis.

— Le vent se lève, dit-il. Nous aurons une autre tempête avant demain.

— Tu es avec nous, Charles. Je me moque des tempêtes, dit Maman.

Jack s'allongea avec contentement et Papa s'assit en se réchauffant les mains près du fourneau.

— Laura, dit-il, si tu m'apportes le violon, je vous jouerai quelque chose.

Laura lui apporta l'étui. Papa sortit le violon, l'accorda et frotta l'archet de colophane. Puis, pendant que Maman préparait le dîner, il emplit la maison de musique.

> *Oh, Charlot est un beau garçon,*
> *   Oh, Charlot est un dandy!*
> *Charlot aime embrasser les filles*
> *   Et il sait y faire!*
> *Je n' veux pas de vot' blé charançonné,*
> *   Je n' veux pas de votre orge,*
> *J' veux d' la belle farine dans moins*
> *   d'une heure,*
> *   Pour faire un gâteau à Charlot!*

La voix rieuse de Papa se mêlait au son du violon. Carrie riait en frappant dans ses mains et les pieds de Laura dansaient.

Puis, la mélodie du violon changea et Papa entama une chanson sur la Vallée des Lys.

> *C'était une nuit calme et silencieuse,*
> *Et le pâle éclat de la lune*
> *Brillait doucement par-dessus mont et*
> *   vallée...*

Papa regardait Maman qui s'activait près du fourneau pendant que Marie et Laura, assises, l'écoutaient et le violon attaqua gaiement un nouvel air sur lequel Papa chantait :

Marie, mets la table,
 La table, la table,
Marie, mets la table,
Nous allons goûter !

— Et moi, qu'est-ce que je dois faire, Papa? s'écria Laura tandis que Marie courait retirer les assiettes et les tasses du placard.

Tout en gardant la mesure, le violon redescendit toute la gamme et Papa chanta d'une voix grave :

Laura, débarrassera la table,
 La table, la table,
Laura, débarrassera la table
 Quand nous aurons fini !

De cette façon, Laura sut que Marie mettait la table et que c'était elle qui la débarrasserait.

Dehors, le vent criait plus férocement et plus fort. La neige tourbillonnait en clapotant sur les carreaux mais le violon de Papa chantait dans la maison chaude et éclairée. On entendait le cliquetis des assiettes que Marie posait sur la

347

table. Carrie se balançait dans le fauteuil et Maman allait doucement de la table au fourneau. Au milieu de la table, elle déposa une jatte de bois pleine de magnifiques haricots bruns cuits au four, d'où elle sortit à présent un pain de maïs doré. Les deux parfums des haricots et du pain se mêlaient délicieusement ensemble.

Le violon de Papa badinait et chantait :

J'suis le cap'taine Jinks de la cavalerie,
J'donne du blé et des haricots à mon cheval
Même si c'est au-dessus de mes moyens car
J'suis le cap'taine Jinks de la cavalerie!
Le capitaine de l'armée!

Laura caressa la douce fourrure de la tête de Jack et elle lui gratta les oreilles. Puis, elle serra sa tête entre ses deux mains d'un mouvement

rapide et joyeux. Tout était si bien. Les sauterelles étaient parties et l'année prochaine Papa pourrait moissonner le blé. Demain, c'était Noël et on mangerait un ragoût d'huîtres. Il n'y aurait pas de cadeaux ni de bonbons mais Laura ne désirait rien et elle était si heureuse que les bonbons de Noël aient aidé Papa à rentrer sain et sauf à la maison.

— Le dîner est prêt, dit doucement Maman.

Papa reposa le violon dans son étui. Il se leva et regarda chacune d'elles tour à tour. Ses yeux bleus souriaient.

— Regarde, Caroline, dit Papa, comme les yeux de Laura brillent.

TABLE DES MATIÈRES

Chapitre 1. — La porte dans la berge   9
Chapitre 2. — La maison souterraine   16
Chapitre 3. — Roseaux et iris   26
Chapitre 4. — L'eau profonde   30
Chapitre 5. — Un étrange animal   36
Chapitre 6. — La couronne de roses   45
Chapitre 7. — Le bœuf sur le toit   52
Chapitre 8. — La meule de paille   59
Chapitre 9. — Un temps de sauterelle   68
Chapitre 10. — Le bétail dans le foin   74
Chapitre 11. — Bright s'emballe   80
Chapitre 12. — Les chevaux de Noël   87
Chapitre 13. — Un joyeux Noël   96
Chapitre 14. — Les crues de printemps   104

Chapitre 15. — *Le petit pont*   108
Chapitre 16. — *La merveilleuse maison*   114
Chapitre 17. — *L'emménagement*   125
Chapitre 18. — *La vieille écrevisse et les*
                          sangsues   132
Chapitre 19. — *L'attrape-poissons*   140
Chapitre 20. — *L'école*   147
Chapitre 21. — *Nelly Oleson*   160
Chapitre 22. — *Le goûter en ville*   167
Chapitre 23. — *La partie de campagne*   176
Chapitre 24. — *Sur le chemin de l'église*   184
Chapitre 25. — *Le nuage scintillant*   200
Chapitre 26. — *Les œufs de sauterelles*   214
Chapitre 27. — *La pluie*   221
Chapitre 28. — *La lettre*   233
Chapitre 29. — *L'heure la plus sombre*
                          est juste avant l'aube   237
Chapitre 30. — *En ville*   249
Chapitre 31. — *La surprise*   255
Chapitre 32. — *La marche des sauterelles*   269
Chapitre 33. — *Les boules de feu*   277
Chapitre 34. — *Les marques sur l'ardoise*   285
Chapitre 35. — *En gardant la maison*   291
Chapitre 36. — *Un hiver de prairie*   302
Chapitre 37. — *La tempête de neige*   308
Chapitre 38. — *Le jour des jeux*   322
Chapitre 39. — *Le troisième jour*   330
Chapitre 40. — *Le quatrième jour*   332
Chapitre 41. — *Le soir de Noël*   345

Cet
ouvrage,
le cent-vingt-
cinquième
de la collection
CASTOR POCHE,
a été achevé d'imprimer
sur les presses de l'imprimerie
Brodard et Taupin
à la Flèche
en décembre
1989

Dépôt légal : octobre 1985.
Nº d'Édition : 16223. Imprimé en France.
ISBN : 2-08-161831-1
ISSN : 0248-0492